それは団長《だんちょう》、あなたです。
1
ちろりん
Chirorin
イラスト KRN

ユーリ
リンジー

そっと優しく頭を撫でられる。
あの時と変わらない大きく、優しい手。
「……何ですか、この手は」
「ありがとう、ってことかな」

それは団長、あなたです。

1

CONTENTS

Paradigm

それは団長、あなたです。 1

Dear Novels

Paradigm

序章

「言え。いったい誰がお前にそんなことをしたんだ」

シンと静まった部屋の中に二人きり、痛いほどに彼の言葉が耳に響きそれと同時にリンジーの心にも突き刺さる。

先ほど強く掴まれた左手首が酷く痛んだ。既にそこに刻まれている痣《あざ》に上書きするようにリンジーの手首を縛《いまし》めた男の表情は依然厳しく、いつものような柔らかな笑みはどこにも見当たらない。見下ろしリンジーを問い詰める気でいる。

頭が痛いというのはまさにこういうことだな、とくらりと酩酊《めいてい》感にも似た眩暈を覚えた。できることなら今すぐ頭を抱えて蹲《うずくま》りたい。

けれどもそんなことをしたら、この目の前にいるアッシュグリーンの髪の色男はもっと大袈裟《おおげさ》に騒いでしまうだろう。これ以上の面倒はご免だ。

とにかく。

とにかくリンジーは彼の誤解を解かなければいけなかった。

そうしなければきっと話がエスカレートしていき、事態の収拾がつかなくなる気配を嫌というほどに感じている。
ふと見上げて視界に入るのは、茶化しもなにも一切入っていない真摯《しんし》な顔。その中に心配の色が入り混じっているのがリンジーにとっては心苦しい。この人にはこういう顔はあまり似合わないなとさえ思う。

けれども何と言えばいいのだろう。
どう誤解を解いたらいいのだろう。
賢いと思っていたリンジーの頭でもこの予期せぬ事態に上手い言葉を見つけることに難航してしまう。

リンジーだって言えるものなら言いたい。

私を襲ったのは、風邪と酒と媚薬のせいで前後不覚になった団長、あなたです、と。

第一話

リンジー・ウォルスノーは商人の家に生まれた。

堅物の商人の父とヒロイン気質の夢見る少女のような母と兄二人。マグダリア国の中では少し名の知れた商家であったウォルスノー家に生を受けたリンジーは、末っ子で女ながらも父の方針で兄と同じような学の高い教育を受けさせられた。『たとえ女子であっても高い教養と知識を身につけて得することはあっても損することはない』というのが父の教育方針だ。

兄達は粛々とそれを受け入れ、優秀な成績で学校も卒業した。リンジーもいずれは兄達のようにと意気込んでいたところ、それに異を唱えたのが母だった。母は自分がそうであったように、女としての幸せを掴んでほしいと常々リンジーと父に訴えかけていた。つまりはいいところに嫁いで夫に愛され、子を産み母として愛されることが最上級の幸せなのだと。

その時は、いくら女であろうとも学卒程度の教養は妻として求められるところが昨今は多いという父の話を聞いて、渋々母も納得してくれたのでことなきを得た。

そういう一般的な幸せもあるだろう。リンジーも他に道がなければ母の言う『女の幸せ』を掴むこともやぶさかではない。しくしくと悲劇的に泣く母の顔を見ながら、気休め程度に『そういう幸せを最終的に掴めたらいいと私も思っている』と言い、学校へと六年間通い続けた。

その間に父が病に倒れ儚《はかな》くなりさすがの母も一時は憔悴《しょうすい》していたが、兄やリンジー達の支えもあり、リンジーが卒業する頃には笑えるようにもなっていた。

卒業、となった時にブチ当たったのはその先の進路についてだ。

もちろん父の口八丁を信じていた母はすぐにでもお見合いをするように勧めてきた。卒業後は嫁ぎ先が決まるまで家で花嫁修業をするようにとも言ってきた。けれどもせっかく長い年月を経て培《つちか》ったこの知識と教養を腐らせておくのは勿体ない。手に入れたものは使うべきだと、商人の血筋が訴えかける。

だから母には内緒で就職試験を受けた。

リンジーの能力が遺憾《いかん》なく発揮される場として役人になることを望み、面接試験でも己の計算力の高さをアピールし見事に財務省に入省。母はその知らせを聞いて卒倒し、めそめそと泣きながらもリンジーが嫁《い》き遅《おく》れることをしきりに嘆いていたが、次兄であるゲオルグの『宮中で良いところの男を捕まえてくれれば問題ない』という一言で『それもそうね』と即座に立ち直っていた。

一番喜んでくれたであろう父はもういない。長兄のギルバートは貴族嫌いのところがあるので少し難色を示していたもののお祝いの言葉を言っていたし、ゲオルグは諸手《もろて》を挙げて喜んだ。

役所の独身寮に入ると言った時もひと悶着《もんちゃく》あったが、それも何とか収めてリンジーは晴れて城内で働く財務省の役人となった。

入省してからの一年は、仕事に慣れるためにいろんな仕事を割り振られた。見習いのような立場になって、先輩方の仕事を手伝いながら仕事を覚えていく。ある程度一通りのことを覚えると、二年目からは騎士団の財務管理を任せられるようになった。

マグダリア国は三つの騎士団を有している。

グロウスノア・サンドリオン・ネイウスの歴代王の名を冠した各騎士団の財務管理を任され、予算案の作成に、毎月の出納、大規模な軍事演習の費用のチェックなどが主な仕事だった。大がかりな予算案や演習計画などは各団長と話して詰めていくが、それ以外の細々《こまごま》とした各月の出納などは団長付の事務官とのやり取りが多い。月末に事務官が提出した報告書と睨《にら》めっこし、不正はないか、予算計画通りに費用が使われているか、使い過ぎているところはないか等を調べて上長に報告をする。その途中で事務官から上がる報告に不備があればわざわざ団長の執務室に赴いてそこで仕事をしている事務官に訂正を願う。それがリンジーの日常業務であり、財務省があるこの官舎と騎士団本部を行き来するのが常だった。


財務省に入省して三年。

ようやくこの仕事にも慣れ、そつなく仕事をこなすこともできるし自分が持っているスキルも思う存分発揮できるようになったと思うこの頃。

ここにきて、毎月頭を悩ませる事態が出てきてしまった。

最近事務官から上がってくる報告書の不備が目に見えて多くなってきていたのだ。

数字を扱うことが得意なリンジーからすれば造作もないことだが、そういうことが不得手な人からすればこの報告書を作ることは難しい場合があるらしい。そのことは財務省に入って三年も経てば重々理解はできるのだが、さすがにこう毎月毎月だといい加減文句の一つも出てくる。

今月もそうだった。既定の書式があるにもかかわらずそれを無視し、必要事項がちゃんと書いていないのだ。全くもって効率が悪い。

今日もグロウスノア騎士団団長執務室に向かう途中、怒りをどうにか鎮《しず》めながら廊下を足早に歩いて行った。


「失礼します」

「げっ！　来た！　計算の鬼！　逃げろマリアベルちゃん！」

リンジーが執務室の扉を開けて顔を見せた途端に発せられる失礼な言葉。毎度のことなのでいい加減腹は立たないが、逃げろは止めろと言いたい。当の目的のマリアベルに逃げられたら元も子もないのだ。

リンジーに失礼な言葉を投げかけた男、グロウスノア騎士団団長の副官であるレグルス・オーウェンは冷たい一瞥《いちべつ》をくれたリンジーを睨み威嚇《いかく》しながら、マリアベルを庇《かば》うように目の前に立ちはだかった。その立派な騎士道精神はお見事と拍手喝采《はくしゅかっさい》したいところだが、今のリンジーからすれば邪魔でしかない。

「マリアベルさん、いらっしゃいますか？」

いるのは分かっている。リンジーからは見えないがレグルスの後ろだ。レグルスが必死に隠している。

「はぁい。リンジーさぁん、いらっしゃぁい」

けれども当のマリアベルはそんなレグルスの努力を意に介することなく、毎度リンジーの呼びかけに答え、レグルスの陰からその美しい顔をひょっこりと出してくれる。それに対し『マリアベルちゃぁん』とレグルスが情けない声を出すのも毎度のことだった。

グロウスノア騎士団の事務官マリアベル・ソフィアランス。金糸の髪に碧眼の愛らしい顔で、一目その姿を見れば誰もがほぅと感嘆《かんたん》の吐息を漏らす。長い睫《まつ》毛《げ》と大きな目、ぽってりとした桜色の唇。豊満な胸とそれに不釣り合いなほっそりとした身体は数多の男を虜《とりこ》にする。

そんな美の神に愛された彼女の容姿とは対照的にリンジーの髪はまるで墨で塗りつぶしたかのように黒く、何の洒落《しゃれ》っ気《け》も感じられない背中の中ほどまでに伸びたストレートヘア。身体つきもあんなグラマラスなものではなく胸も平均的だ。悪く言えば地味、よく言えば慎《つつ》ましい。唯一誇れるものと言えば皆に綺麗だと褒《ほ》められることの多いこの紫水晶《アメジスト》色の瞳だが、それを差し置いても彼女と比べると途端に霞《かす》んでしまう。

ここにいるレグルスもマリアベルのその愛らしい魅力に一目でやられた男の一人だ。このか弱き女性を守る専属の騎士だと勝手に思い込んでいる。もちろんこれはレグルスが勝手に思っていることなので、マリアベルには一切そんなつもりはないが。

そのため毎月末にマリアベルに報告書の不備の文句と訂正を強要するリンジーは、彼にとっては排除すべき敵だと認定されているようだった。

「マリアベルさん、先月報告書の書式の見本はお渡ししましたよね？　ちゃんと出費は隊ごとに詳細に明記していただかなければいけないので、その書式になぞらって報告書を作ってくださいと申し上げたはずですが、何故今回もそれを無視して作っているんです？」

つくりたくもない眉間の皺をつくって、レグルスの後ろにいるマリアベルに問いかける。この厳しい顔は何も怒っているわけではない。ただ問いただそうとすると緊張して自然と力が入る。それを怒っていると勘違いをしてしまうレグルスは更にぐっと身体を張り、リンジーを威嚇してきた。

「おいっ！　別にいいじゃねぇかよ！　ちょっと間違うくらい誰でもあることだろ?!　そんなおっかねぇ顔してマリアベルちゃんを虐《いじ》めるなよ！」

毎度毎度のことながら面倒くさい男だ、とリンジーはレグルスを見やる。こちらはただ不備の部分を指摘し疑問に思ったことを聞いただけだというのに、それだけで虐めだと騒がれるのは大変心外。言いがかりもいいところだ。

「確かに間違いは誰にでもあることですが、けれども間違いを起こさない努力というものは常に必要です。もちろん修正もね。私はそのためにここに来ているのであって、マリアベルさんを虐めるために来ているわけではありません。というか、オーウェン副官、毎度毎度のことですが貴方がいると話が進まないのでこの場は遠慮していただけませんか」

「遠慮しません！　お前がマリアベルちゃんの可愛さを妬《ねた》んで、仕事にかこつけて虐めるかもしれないからな！　俺はその監視をしなければならない！」

「しません、そんな効率の悪いこと。意外かもしれませんが、私こう見えても忙しいもので」

「信じられるかよ！」

このやり取りは無駄以外何物でもないとは思っているものの、レグルスを突破しない限りは本題に移ることすらできないだろう。こういう時団長がいてくれたらこの無駄なやり取りをしなくて済むのに。何故こういう肝心な時にあの人はいないのかと、彼のタイミングの悪さに嘆きさえした。

無意識に嘆息《たんそく》は漏れ、それがレグルスに更に火に油を注ぐことにリンジーは気がついていない。

「あのなぁ！　溜息吐きたいのはこっちだぞ！　毎度毎度ネチネチと些細《ささい》な間違いの指摘ばっかりしやがって！　マリアベルちゃんが可哀想《かわいそう》だろ！」

「報告書の書式違いのどこが些細なのですか。それに騎士団から上がってくる報告書は私が手を加えるわけにはいきませんので、マリアベルさんに直々に直していただかなければならないんです。可哀想とかそういう問題ではなく、これは私情抜きの仕事の話です」

　リンジーは効率よく速やかに仕事をこなしたいだけなのだ。それに言っていることに間違いなどない。他の二つの騎士団の事務官はこんな間違いはしないし、不備があって訂正をしてもらうために足を運んでも、こんな風に副官に噛みつかれることはない。ものの十分程度で終わるやり取りのはずだった。

　けれどもこのグロウスノア騎士団の執務室に来ると、ことが上手く進まない。何故こんなにも間違いを盛り込めるのか不思議になる報告書を作るマリアベルに頭にくるし、マリアベル可愛さにリンジーに難癖《なんくせ》をつけるレグルスにもうんざりする。


　この堂々《どうどう》巡《めぐ》りのやり取りに嫌気がさして、一度帰って出直そうかと思っていた矢先に執務室の扉が開いた。

「レグルス、お前の声が廊下まで響いていたぞ。何をそんなに吠《ほ》えている……、っと、あぁ、ウォルスノー女史が来ていたのか」

「ダンクレスト団長！」

　突然の乱入者に驚いて振り返ると、リンジーの背後に望んでいた人物が立っていた。アッシュグリーンの髪に騎士らしい筋肉質の体躯《たいく》、精悍《せいかん》な顔立ちはご令嬢方が黄色い声を上げるほどに美形だ。

彼、ユーリ・ヴァン・ダンクレスト団長の登場に声を上げたレグルスと同様に、リンジーにとってもユーリの登場は嬉しいものだった。

「悪いな、ウォルスノー女史。また報告書に不備があったのか？」

「ええ。マリアベルさんに訂正していただきたいのですが、遅々《ちち》として進まなくて」

ユーリが問うと、リンジーはムスッとした顔をして経緯を話した。貴方の頭の悪い副官をどうにかしてください、と非難の色も込めて。

「レグルス、いい加減ウォルスノー女史を困らせるのは止めろ。彼女は仕事として来ているだけだ。ソフィアランス、お前もいつまでもレグルスの陰に隠れていないで、さっさと報告書の訂正をしろ」

「はぁい、団長」

まさに鶴の一声。あんなにぎゃあぎゃあ煩《うるさ》かったレグルスがユーリの一言で押し黙り、渋々ではあるがマリアベルをリンジーに明け渡した。マリアベルもマリアベルでレグルスを押し退けてとっとと出てきてくれればこんな手間はかからなかったはずなのに。

「お手数をかけます、ダンクレスト団長」

「こっちこそ悪いな、面倒な奴らで」

「ええ、本当です。毎月団長がマリアベルさんの報告書をチェックして事前に不備がないようにしていただければ毎度こんな面倒なことにならないんですけどね」

「おいおい。俺を過労死させる気か？　これでも俺は結構忙しいんだぞ」

「それはこちらも同じです。なら、オーウェン副官にお願いしましょうか」

常々マリアベルが作る報告書には事前に誰かが目を通してから財務省に寄越《よこ》すべきだと考えていた。事前チェックをしてくれるのであれば、正直誰でもいい。

「お前、レグルスがソフィアランス相手にまともに頭が働くと思うか？」

そう冷静にユーリに言われて考えた。マリアベルを目の前にしたレグルスは報告書に目を向けることすらしないだろう。

「……冗談です」

自分のあまりの浅慮な発言に気恥ずかしくなる。軽く言ったつもりではあったのだが、こうも真面目にユーリに返されるとは思いもしなかった。

「さすがのウォルスノー女史も冗談を言うんだな」

「それは私に対して失礼な発言だと自覚してますか？」

ユーリがリンジーの苦い顔を見て屈託なく笑う。

どういう意味だ、全く。まるで面白みがない人間だと思われているのだとしたら、全くもって心外だ。

「まぁ、団長がオーウェン副官に任せられないと仰るのであれば、きっと団長が過労死してでも来月から報告書を事前にチェックしてくださるでしょうから」

「……おい」

「女性にお優しい団長のことでしょうから、女の端くれの私にもご慈悲《じひ》を賜《たまわ》ることでしょう。……ということで、マリアベルさん。早速報告書の訂正をしましょうか」

「ちょっ、おい！　ウォルスノー！」

ユーリの呼び声は聞こえない振りをして、逃げるようにマリアベルの元へと向かう。

後ろで恐らくユーリが苦い顔をしているだろうが、知ったことではない。これはさっきの意趣返しだ。

マリアベルの机の側に椅子を持ってきて座ると、レグルスがこちらを睨んできたが今回はユーリの手前文句は言ってはこない。これでようやく自分の仕事をすることができると内心ほっとしていると、マリアベルが顔を覗《のぞ》き込んできた。

「リンジーさぁん、よろしくお願いしまぁす」

「はい。よろしくお願いします」

マリアベルは基本的には素直だ。リンジーが毎度報告書の訂正を強要しても嫌な顔一つしないし、文句も言わずにニコニコしている。訂正箇所は指摘すればすぐに直すことはできるし、物覚えもいい。寧《むし》ろ何故こんなにも毎回不備があるのか首を捻《ひね》るくらいだ。

「先月お渡しした書式見本ありますか？」

「はぁい。ありまぁす」

「では、それを見ながら異なる箇所を見つけて訂正しましょう」

「はぁい」

机の扉を開いて直ぐに出てくるリンジーが先月渡した書式見本。直ぐに出てくるくらいに机の中は整理されているし、机上も余計なものがなく綺麗だ。メインで使っているらしい文房具は女の子らしい可愛いもので、どこで買ってくるのか気になる。

「毎回のことですが、今回も十一番隊の収支が記載されていません」

「あ、ほんとだぁ。十一番隊って一番最後だからよく忘れちゃうんですよねぇ。すみませぇん」

「いえ」

そんなことで忘れるものなのだろうか。リンジーには考えられないことだが、マリアベルが間違えるのは何に原因があるのだろう。注意力がないのか、単なるうっかりなのか、それかレグルスが邪魔をしているのだろうか。いずれもそれが原因なのであれば、改善案を提示してどうにかしなくてはならない。

マリアベルが報告書を淀みなく訂正していく様に違和感を感じながら眺めていると、隣からクスクス笑う声が聞こえてきた。彼女の不可解な笑いにリンジーが怪訝《けげん》な顔をすると、それに気がついたマリアベルが『すみませぇん』とまた笑う。

「リンジーさんってぇ、厳しいこと言いますけど教え方は凄く優しいですよねぇ。私、結構リンジーさんのこと好きです」

何を唐突に言うかと思ったら。マリアベルの突拍子のなさは常だが、まさかそんなことを言われるとは思いもしなかった。レグルスなんか彼女の発言を聞いてこちらを恨《うら》めしげな顔をして睨んでいる。

「そうですか。ですが、私は嫌いですけど」

「えぇ〜！」

リンジーの率直な言葉にマリアベルが残念そうな声を上げていた。それに呼応するかのようにレグルスが鬼の形相で食ってかかってくる。

「てめぇ!!　この冷血女!!　やっぱりマリアベルちゃんのこと嫌っていやがったか!!　ようやく本性を現したな！！！」

怒りのあまりに鼻息は荒いし、我を忘れているのか適度な距離を取ることもせずにその荒い鼻息がかかりそうなくらいに近づいてがなりたててくる。後ろに退けようとしてもそれをまたレグルスが追ってくるので、ちっとも距離が開かない。お陰で耳が痛くなる。

「おい、レグルス。近い」

両手で耳を塞いで避難しようとした時に、ユーリがレグルスの後ろ襟《えり》を引っ張り暴走を止めてくれた。煩くし過ぎたのだろうか。少し顔が怖い。

「団長～！　今の聞きました？　こいつマリアベルちゃんが、……す、すす、好きだって言ったのに、自分は嫌いだって!!　狡《ずる》い！　俺だって好きだって言われたいのに、何であいつだけ！！！」

「お前、後半が本音だろ」

胡乱《うろん》な目でレグルスを見ているのはユーリだけではないだろう。リンジーも同じような目をしているという自覚はある。結局は僻《ひが》んで突っかかって来ているだけかと思うと、真面目に相手にしていると馬鹿らしくなってきた。

「こいつやっぱりマリアベルちゃんが可愛くて僻んでるんですよ!!　お前自分に全く可愛げがねぇからって八つ当たりしてんじゃねぇぞ!!」

全くもって理解不能だった。何故マリアベルを嫌う理由に挙げるのが『可愛いから』となるのだろう。そして何故それをリンジーが僻むというのか。何かとすぐそこに行きつくのだから、レグルスのその稚拙《ちせつ》さもさることながら思考回路も疑うところだ。

「マリアベルさんが可愛いのは純然《じゅんぜん》たる事実ですし、私はそこに関しては好ましいと思ってますよ」

「わぁ！　嬉しい！」

マリアベルの弾んだ声が横やりを入れる。

リンジーだってマリアベルのことは可愛いと思っているし、それに関しては思うところもある。主に憧《あこが》れの部分だが。

自分にはない可愛らしさ、容姿もそうだが仕草や声、持ち物に至るまでまるで可愛いものを選りすぐって寄せ集めて生まれてきたかのようなマリアベルに、ある種強烈に憧れてはいる。自分にもこのくらい可愛げがあったら人生違っていたのだろうかと思うこともしばしば。だからといって僻みや劣等感で嫌いだと言っているわけではない。

「けれどもその仕事に対しての姿勢が気に入りません。一度間違えたことを再発しないようにする努力をしないところとか、十分に仕事をこなせる能力があるのにそれを出し惜《だお》しみするところが嫌いだと言っているんです」

嫌いな理由はその一点に尽きるのだ。ただそれだけのことだが、仕事人間のリンジーにとってはその一点はかなり大きい。

仕事ができないならまだいい。けれどもマリアベルを見ているとわざと手抜きをしているのではないかと疑わしく感じる部分が気のせいでは済まされないくらいにある。そこが許せない。さっきの憧れの部分も差し引いてもそれがある限り、リンジーの中ではマリアベルはマイナス評価だった。

「じゃあ、そこを直したら私のこと、好きになってくれるんですかぁ？」

「ええ、まぁ。そこ以外嫌いと言えるところがありませんので」

「やったぁ！　私、次から頑張りますねぇ！」

珍しくテンションを上げて喜ぶマリアベルと、その脇で悔しさで地団太《じだんだ》を踏むレグルスという何ともシュールな光景にリンジーは戸惑う。

レグルスはともかく、マリアベルがこんなに自分に好かれたがっているとは思ってもみなかった。毎度毎度小姑《こじゅうと》のように文句をつけられ、リンジーの前では素直にしているものの内心では舌を出して嫌っているのかもしれないとも思っていたのだが、この様子を見るとそうでもないようだ。俄然《がぜん》やる気が出たとばかりに顔が輝いている。

「あのぉ、じゃあ来月の報告書で不備がなければ、私とお友達になっていただけます？　今度一緒にどこかお出かけしません？」

「ええ、いいですよ」

それで仕事が進むのであれば安いものだ。それにマリアベルとのお出かけもやぶさかではない。

「では、その……、マリアベルさんが持っている文房具を売っているお店に行ってみたいのですが」

「これですかぁ？　可愛いですよねぇ。わかりました、一緒に行きましょうねぇ」

「はい。ただし、来月の報告書に不備がなければ、ですが」

「はぁい。もちろんです！」

ドキドキする。こんな可愛らしいマリアベルとお友達。そしてお出かけ、可愛らしい文房具が置いているお店。何もかもが自分に似合わないような気もするが、憧れの世界へと一歩踏み出すようでわくわくする自分もいる。さっきからレグルスがキャンキャンと僻みと悲嘆《ひたん》の声を上げているが、煩くは感じない。寧ろ自分の心臓が煩いくらいだ。

高鳴る心臓を抑えつつ、努めて平然とした顔をつくる。けれども油断すれば顔はニヤけるし、耳も赤くなっているだろう。

もしそんなところを見られでもしたら尚のこと恥ずかしいと、確認のためにレグルスとユーリを見ると、レグルスはマリアベルに泣きついてこっちを見てもいなかったが、ユーリががっつりとこちらを見ていた。瞠目《どうもく》して、まるで珍しいものでも見たかのように。不躾《ぶしつけ》にそんな顔をされることにムッとしたリンジーは、思い切り睨み返す。

「何ですか？　そうじろじろ見ないでください。減ります」

「俺とも今度どこかに食事でも行こうか、ウォルスノー女史」

「はぁ？」

今度はリンジーが目を剥《む》く番だった。ユーリの突然の申し出に、あまりにもらしくない声を上げて驚く。マリアベルに飛びついていたはずのレグルスも同様に驚いていた。『団長がおかしくなった』とポロリと言ってしまうくらいに。

「お戯《たわむ》れを、ダンクレスト団長。私は貴方を慕《した》う数々の女性達には恨まれたくありませんので」

急な誘いに驚いて思考が停止していたが、その後すぐに思いなおす。『あ、この男そういえばかなりの女たらしだった』と。

ユーリ・ヴァン・ダンクレスト。

ダンクレスト侯爵の次男である彼は、その美形な容姿もさることながら、その紳士的な性格から数多の女性を虜にし、一夜の甘い夢を見させてくれる。

基本的に来るもの拒まず去るもの追わずのスタイルのようだが、あれだけ浮名を流しても不思議と女性とトラブルになることはない。女性の扱いが上手いのかそれとも口が上手いのか。そこら辺は一度もユーリに口説かれたためしがないリンジーには分からないが。

「手厳しい。俺は本気で言っているんだが」

「貴方が本気で私を食事に誘うとは思えませんが。そういう誰にでも食事に誘う軽そうなところが信用できないというんですよ。それに、私と食事に行っても面白いことはありません」

「本当にそうか試してみようか」

「遠慮しますよ。私は貴方の女性遍歴を彩《いろど》る花の一つにはなりません。私よりマリアベルさんをお誘いしては？」

「だ、ダメっすよ！　ダメっすよ団長!!　マリアベルちゃんに手を出したらたとえ団長だとしても赦《ゆる》さないっすよ!!」

「わかってるよ、レグルス。お前の愛《いと》しのソフィアランスには指一本触れない」

噛みつくレグルスに無抵抗の意を示すかのようにユーリが両手を上げる。

「って言うかお前！　勝手に団長にマリアベルちゃんを薦《すす》めるなよな!!　なんの権限があって言ってんだよ!!」

矛先《ほこさき》がこちらに来た。誘いを断るための口実ではあったけれども、思わずマリアベルの名前を出してしまったのは失敗だったようだ。レグルスもレグルスで冗談が通じない。

「私も本気でダンクレスト団長がマリアベルさんに手を出すとは思っていませんよ。そもそもこの団長が同じ職場の、しかも毎日顔を合わせる女性に気軽に手を出すと思いますか？　そこら辺の選別は慎重なはずです。でなければ、今頃身体に刺し傷の一つや二つあってもおかしくない」

「……まぁ、確かにそう言われてみればそうだな。さすがの女ったらしの団長でもちゃんと弁えているよな」

「おい、お前ら。何て言い草だ。俺は別に女ったらしじゃないし、俺から女性は誘わない。あっちから誘ってくるからそれにのっているだけだ」

それのどこが女ったらしでないのかは区別がつかない。どちらから誘おうと誘われるだけの魅力が彼にはあって、誘いを受けるだけの余裕があるということだろう。プレイボーイには違いない。

「いいからお前、団長と食事行ってこいよ。男にそんな誘い受けたことねぇだろ？」

「そういう無神経なことを女性に言うと嫌がられますよ、オーウェン副官」

「うるせぇ。つべこべ言わず行ってこいよ。もう行けなくなるかもしれねぇぞ。団長、縁談来てるから、結婚すればおいそれと女と二人で出歩けねぇしな」

ピクリと右手の人差し指が跳ねた。何だかんだとフラフラして結婚の気配がなかったユーリに縁談？　青天の霹靂《へきれき》とはこのことだ。

「おい、レグルス。まだ縁談が来ているってだけの話だ。おいそれと口にするなよ」

「ええ～！　だって相手はあのシャウザー伯爵令嬢っすよ？　決まったも同然じゃないっすか！」

(シャウザー伯爵令嬢……って、あのシャロン・シャウザー嬢)

聞き覚えがある。

平民でしかも貴族社会には疎《うと》いリンジーでさえも聞き及んでいたその名前。母から耳にタコができるほど聞かされていた。

金糸の巻き髪はまるで絹のようで、翡翠の瞳はまるで宝石。肌は白磁《はくじ》のような透き通る白さと、頬に差し込む桜色は尚のこと愛らしく魅せる。マグダリア国きっての美女と言われる彼女は、母が言う目指すべき理想のレディであり、女性の憧れでもあった。

母はリンジーにシャロンをお手本にしなさいとよく言ってきたが、どうお手本にしていいかとっかかりさえ掴めない。リンジーに可愛らしさというものが欠けているのもあるが、シャロンはとにかく規格外だ。口々に人々が褒めそやす彼女はまさにマグダリア国の宝玉であった。

その人がユーリと結婚する。

身分も釣り合っているし、見た目も美男美女でお似合いだ。誰もが認めるし祝福するだろう。

やはり美人の貴族令嬢というのは得だ。こんな美丈夫を夫にすることができるのだから。

「えぇ〜！　団長結婚するんですかぁ？　本当に？　本当に結婚しちゃうんですかぁ？　いいんですかぁ？」

マリアベルの驚嘆《きょうたん》の声に、はっと自分が物思いに耽り過ぎていたことに気がついた。

声の主のマリアベルを見れば、両頬に手を当てて驚き残念そうにしている。さしものマリアベルも上司の縁談には反応を示したらしい。ユーリの周りをくるくるとからかいを含んだ声で聞きながら回っている。当のユーリはそれを鬱陶《うっとう》しそうに『止めろ』と言って、手でシッシッと払っているが。

「もう団長に食事に誘われる奇跡なんて二度とねぇぞ、冷徹女。ま、お前の場合男に誘われる機会もねぇかもな」

まだ言うかこの男。しつこいくらいに言ってくるレグルスにムッとして、少しむきになった。

「私だって誘われることありますよ。今度見合いをしますしね」

「はぁ?!　お前が見合い?!」

「ええーーーっ?!」

レグルスの叫びと同時にマリアベルの悲鳴が聞こえてきた。今日一番の叫びだったかもしれない。話したリンジー本人が予想外の大反響に戸惑う。

「リンジーさん、お見合いしちゃうんですかぁ？　結婚しちゃうんですかぁ？」

「ええ。母の勧めで今度相手の方とお会いすることになっています」

母の勧めというか、あれは押しつけに近かったが。

母の危惧《きぐ》していた通り、財務省に勤めて三年の歳月が経ったにもかかわらず一切男の気配がないリンジーの様子に母が焦れて、知り合いから取りつけてきた見合いらしい。貿易商の家らしく、王室の覚えもめでたい家柄なのだとか。

初めは見合いなどさらさらするつもりもないし、まだ働きたいという意志もあったため断っていたのだが、母の泣き脅《おど》しと『私は就職することを許したのに、リンジーはお母さんには何も譲歩してはくれないの？』という言葉に負けて、渋々ではあるが了承した。

リンジーとしても不本意と言えばそうなのだが、こちらだけ我儘《わがまま》を通すわけにはいかない。会うだけならばと約束してきたのが実に十日前のできごとだった。

「リンジーさん、結婚は女の幸せですよ？　そんなお見合いなんかで決めちゃっていいんですか？本当に好きな人と結婚する方がいいと思いませんか？」

「そう言われましても……。よしんば私が誰かを好いたとしてもそれと同等のものが相手から返ってくる保証はありません。むしろその確率は低いんではないでしょうか」

「そんなことありませんよぉ！　きっとリンジーさんにもいますよぉ、運命の相手が！」

出た、『この世のどこかに運命の相手がいる』論。マリアベルがその論を支持しているとは驚きだったが、実は母もこの論の信者だ。

母にとっての運命の相手は父だったらしく、リンジーにもそういう人を見つけてほしいとも言う。そのくせ勝手に見合いを押しつける滅裂《めつれつ》な部分もあるのだが。もしかすると母が勝手に今回の見合い相手をリンジーの運命の相手と決めつけているのかもしれない。あの母ならそういう夢を見ていても不思議ではない。なにせ今でも夢見る少女のような母だ。

「すみません。私はその運命の相手とやらを信じられるほど結婚に夢を見てはいないんです。……私は恋愛とか、不得手ですから」

リンジーは夢見る少女ではない。恋愛ごとに強いわけでもなく、現実的にそれを待っていられるほど余裕があるわけでもない。

ただ、自分の気持ちも持て余すことしか知らない不器用な女だ。

「まぁ、とりあえず私の話は置いておいて。よかったですね、ダンクレスト団長。伯爵令嬢が団長の女たらしなところを受け入れてくれる懐の深い方だとお祈りしていますす」

◇◇◇

騎士団の本部と財務省がある官舎を結ぶ長い外廊下の脇にささやかな憩いの場がある。小さな池に綺麗な蓮《はす》の花が浮いており、池の脇には小さな東屋《あずまや》が佇《たたず》むだけの本当に小さなものだ。

実際にそこに座って休んでいる人を自分以外に見たことはないが、リンジーは騎士団からの帰り道はいつも小休憩としてここで休んでいく。

今日もそれは変わることなく、執務室での喧騒《けんそう》を抜けた後はここの静けさで心を落ち着かせていた。そうしないとこの後の仕事に身が入らなくなるのは今までの経験で知っていたからだ。

（……結婚、か）

心に思うのは先ほどのこと。

何の因果《いんが》か同時期にリンジーはお見合いをし、ユーリにも縁談が来ているという。これこそ運命というのではないか、と皮肉めいたことを思い自嘲《じちょう》した。

初めは憧れだった。

男社会の財務省で働くというのは女の身ではなかなかに難しく、女らしくないと自負していたリンジーでさえもその男女の壁に苦しんでいた時があった。

女に学があるというだけで難色を示す先輩もいれば、明け透けにリンジーの仕事の能力を疑うような発言をする同僚もいる。上手くいけばすぐ『色仕かけだろ』と嘲《あざけ》られ、騎士団担当に決まった時も、『年頃の男にかまけて仕事にならなくなるんじゃないか』と馬鹿にもされた。

悔しい思いもしたし、ストレスのあまり家に帰った途端に吐いたこともあった。我武者羅《がむしゃら》に働いて涙は禁じた。涙を少しでも見せれば『女は泣けば赦されるからいいよな』と言われるからだ。それでもふと泣きたくなった時、この東屋で静かな時を過ごす。

そんな時にユーリに見つかり声をかけられたことが始まりだった。

蓮の花をひたすらに眺め零《こぼ》れ落ちそうになる涙をグッと堪えている時、後ろから名前を呼ばれた。『ウォルスノー女史？』と少し遠慮がちに。振り返るとそこにはユーリがいて、こちらの様子を窺《うかが》うようにどうかしたのか聞いてくる。慌てて目の縁《ふち》に溜まっていた涙を拭《ぬぐ》い平静を装うも、ユーリはそのまま隣に腰かけ再度何かあったのかと聞いてきたのだ。

最初は躊躇った。仕事で毎日顔を突き合わせている相手とはいえ、職場の愚痴《ぐち》をおいそれと口にしていいものか分からなかったからだ。それに財務省の心ない人達のようにリンジーの悩みを鼻で笑い、『女だから』の一言で切り捨てるような人だったらどうしようという危惧《きぐ》もあった。

「何か悩んでいるのか？」

だからこの問いには沈黙を返した。次に続くのはその悩みの中身を問う言葉であると容易に想像できたからだ。

「俺には言いづらい？」

これにも答えられずに苦しくなる。

ここで全てをぶちまけて答えを得ることができるのであれば今すぐにでもそうしたい。だが、一旦箍が外れて弱音を曝《さら》け出せばとめどなくなってしまいそうで怖かった。ずっと張り詰めていたものを自らの手で切って元に戻すことができなくなったら、すぐ誰にでも頼ってしまうような人間になってしまったら、きっとリンジーは自分自身を赦せなくなってしまう。仕事に対する己の矜持《きょうじ》がそれを良しとできなくなる日が必ず来るのは分かっていた。だからこそ差し出された手を素直に掴むことができなくて膝の上でギュッと握り締めた。

けれどもユーリは紳士だった。口を噤《つぐ》んで言い淀むリンジーに優しい声で彼は言ってくれたのだ。

「まぁ、人それぞれに悩み方っていうのはあるけれど、俺の経験上分かるのはただ一人で考え込むっていうのにも限界があるってことだな。例えば話を聞いてもらうだけでも意外と頭の中が整理できて答えがおのずと出てくる場合もあるし、ちょっとしたアドバイスから導き出される場合もあるよ。問題は今のウォルスノー女史にそういう相手がいるかってことだ。もしいるのなら、その人に話を聞いてもらうといい。もしいないなら俺を選んでみないか？　口の堅さは保証する」

「でも……」

「あくまでこれは相談だ。仕事をする上で相談は不可欠だろう？　今お前を悩ませていることが業務に支障をきたしているのならば、それを速やかに排除する必要がある。そのための相談。仕事のための相談。な？」

わざわざそんな免罪符をくれてリンジーの気を軽くしてくれる。その言葉に心打たれたのは間違いなかった。それに、本当はずっと誰かに相談したくて仕方がなかったのかもしれない。けれどもいったい誰を信用していいか分からず、自分の弱みの見せ方すら分からなかった。自分の仕事を認めてもらうためには強くあらねばならない。そう自分に言い聞かせていた。だからそんなリンジーにとってはユーリのその言葉は救いだったのかもしれない。

鼻がツンと痛くなる感覚がして、その込み上げる熱を飲み込んだ。

「なかなか上手くいかなくて、ちょっと悩んでいたんです。私としては頑張っているつもりなんですけど、一部の人から見れば私が『女』だからって色眼鏡《いろめがね》で見られていまして。『女だから色仕かけが使える』とか、失敗しても『泣いて赦してもらうんだろ』とか謂れもないことで中傷を受けることもあるんです。確かにここは男社会ですしその中に女が交じるということに不快感を持たれるという覚悟はしていたんですが、思ったより風当たりが強くてどうしたものかと、思いまして……」

語尾が弱くなった。気を緩《ゆる》めたら涙声になりそうで気を張るも、どこか上手くいかない。

「ここ、私の逃げ場所なんです。落ち込んだ時とか気分を変えたい時なんかに寄っていたんですが、まさか団長に見つかるとは思いもよらず。すみません、なんか情けない姿を晒《さら》してしまって」

誤魔化すように無理矢理笑顔をつくった。そうでもしなければこれ以上話すことができなくなりそうだったからだ。少し強引だがもう話は終わりとばかりに謝罪をして切り上げようとした。

「謝る必要なんかない。誰しもそういう場所はあるものだし、情けないとも思わないよ」

けれどもユーリが優しくリンジーの言葉を肯定してくれる。否定の言葉や蔑《さげす》むようなものは一切なく、リンジーの弱さをも受け入れてくれるようなそんな言葉に、心に温かな光が灯る。

「本当ですか？」

「ああ。別に常に気丈にしている必要はないさ。寧ろそういう心のよりどころは作っておいた方がいい」

「団長にもあるんですか？　こういう心のよりどころ」

「俺の場合は場所とかではなくて、心を落ち着けたい時とか考えごとをしたい時はひたすら剣を振っているよ。まぁ、一種のストレス解消に近いものだ。後はそうだな、愚痴とかも酒を飲みながら溢《こぼ》す。ほら、お前んとこのノールグエスト、あいつが俺の飲み友達」

だからお前も気にするな。そう言ってユーリは静かに笑い、そして頭の上に手を乗せてポンポンと軽く撫でてくれた。それが今までの頑張りや強がりをねぎらってくれているような気がした。

そしてユーリは言う。

「お前は優秀なんだな」

と。

女というだけで仕事の成果を認めてもらえないと悩んでいるという話だったのに、何故そこからその言葉が導き出されるのか意味が分からなかった。本当にちゃんと分かっているのか、知ったかぶりではないのかと目の前の男を疑う。

胡乱《うろん》な目をして睨《ね》めるリンジーを見て、クスリと笑うとユーリは尚も続けた。

「あのな、だいたいそういう無神経な発言をする奴っていうのは往々にして仕事ができない奴が多いんだ。自分の劣等感を他者を貶《おとし》めることでなくそうとしてるんだよ。特にお前は財務省では唯一の女だし、新人。攻撃もしやすくなる」

そう言われて思い出す面々。リンジーに酷い言葉を投げかける先輩に同僚。確かに悪口は達者だが、仕事はできる部類とは言い難《がた》い。上長に仕事のずさんさを注意されていることが多く、あまり大きな仕事は任されておらず、暇そうにしているところを見かける時が多々ある。

「逆に言えばお前が女だということ以外に攻撃するところがないんだ。だから殊更《ことさら》女性軽視の言葉が出やすい。それだけ文句のつけどころがないくらいにお前の仕事が素晴らしいってことだ。よく見てみろ。お前を貶《おとし》めている奴ら、ちゃんと仕事できてるか？　お前より成果出せているか？　そんな奴らに頑張っているお前が負けるわけがない。自信持て」

リンジーの頭に置かれた大きな手。大きくてゴツゴツしていて、温かい。

小さな子供にするみたいに優しく撫でられるのは嫌だったけれど、不思議とそれが心地よくて撥《は》ねのける気持ちにはならない。頬を赤らめ、俯《うつむ》きながらされるがままになる。

「それにお前が騎士団の担当になってから俺も助かっている」

これはお世辞だろうか。それともリンジーを励《はげ》ますための嘘？　誇張《こちょう》した言葉？

それでもいい。それでもそれらの言葉は今解《ほぐ》れた心には必要な養分だった。仕事に対するモチベーションが崩れそうな時にユーリがそれを救ってくれたのだ。


そのことがあってからリンジーはユーリの言葉通りに周りをよく見るようになった。そしてその言葉通り、リンジーを馬鹿にする奴らは口だけがでかい小物なんだと分かると、途端《とたん》に恐怖心は消え、蔑む言葉を言われても無視できるようになったし、言い返すこともできるようになった。

恐れる必要など何もないのだ。自分の仕事に誇りと自信を持て。

そう言い聞かせて日々を過ごしているうちに、リンジーに女だからと文句を言う人間は財務省ではいなくなった。あの突っかかってきていた先輩は業務中の態度が悪くクビになっていたし、ヒソヒソと陰口を叩く同僚も先頭切って文句を言っていた先輩がいなくなった途端に大人しくなった。

あの頃の自分の悩みは何だったんだろうと思えるほど環境は変わり、リンジーも己の仕事に自信を持ち強くなった。仕事なら誰にも文句を言わせない自信がある。

そんなリンジーをつくることができたきっかけになったユーリとはその後腰を据《す》えて悩み相談ということはなかったが、仕事上の付き合いとしては上手くやっていた。

彼が社交界で有名なプレイボーイだと知った時は衝撃を受けたが、それでも憧れる気持ちに変わりはなかった。


それがいつしか恋に変わっていたのだと自覚したのは、ユーリが街中で女性と二人きりでいたのを偶然見てしまった時だ。

仲睦《なかむつ》まじく笑いあい、優雅に女性をエスコートするユーリの姿に不安を覚え、その隣にいた女性に不快感を覚えた。ユーリの手がその女性の腰に回るのが嫌だったし、二人で何処かへ消えていくのに激しい嫌悪感が込み上げてくる。ショックというより悔しいという気持ちが大きかったかもしれない。

その気持ちは何なのか釈然《しゃくぜん》としないまま悶々《もんもん》と過ごし、それが嫉妬なのだと理解した時にはもう全てが遅かった。


これは、恋だ。

私はユーリ・ヴァン・ダンクレストに恋をしている。


まずは、自分も意外にも俗《ぞく》っぽいところがあるものだと新たな発見に驚いた。恋というものをこれまでしたことはなかったし今後も無縁だと思っていたから、自分にもいっぱしの恋愛感情が備わっていたのだと感慨深くなる。そして何て身のほど知らずな恋をしてしまったのだろうと絶望した。

恋をするのはしょうがない。あれは堕《お》ちたくて堕ちるものではないと聞く。恐らく自分のコントロール下に置いていられない感情なのだろうと理解はしている。

けれども何故その相手がユーリ・ヴァン・ダンクレストという見目も良く紳士で女性の人気も高い、面倒くささが漂う男なのだろう。あからさまに恋の落とし穴がユーリの目の前にあるし、その穴の中に骨抜きにされた数々の女性が堕ちていると分かっているのに、何故自分は自らその穴に入って行ってしまったのか。不可解で仕方がない。

身分違いも甚《はなは》だしいし、ユーリの連れていた女性を見る限りリンジーはユーリの好みからは外れているだろう。あんなに煌《きら》びやかな衣装は着ないし、髪飾りだってつけない。地味だし、どう頑張ってもあんな派手な美女にはなれない。寧ろユーリに女として見てもらっていないかもしれない。

きっとユーリのことだ、リンジーがこの想いを告げたとしても戸惑いながらもこの気持ちを茶化すことなく優しく『ありがとう』と言ってくれるだろう。そして傷つけないように言葉を選んで振ってくれるに違いない。

けれどもその後のことを思うと、それを実行することは大変難しい。リスクがあり過ぎる。このことによって仕事に支障をきたしたら、それこそユーリに失望されてしまうのではないだろうか。それは失恋するよりもっと辛いことなのではないか。そう考えるとユーリにこの気持ちを伝えるべきではないし、ばれてしまうのも良くないだろう。

そもそも釣り合いが取れない。身分も違うし、横に並ぶにはリンジーでは不釣り合いだ。この分不相応な気持ちは厳重に蓋《ふた》をして鍵をかけなくては。

その結論に至ってからは、ひたすらこの恋を忍んだ。

顔や声、行動に表れないように気を引き締め、瞳を潤ませたり声を弾ませたり頬を赤く染めたり、よく聞く『恋する乙女状態』にならないように細心の注意を払った。鏡の前でチェックしたり、ユーリに会う前には表情に出ないようにわざと無表情をつくったりもした。

それによってますます女らしい愛嬌《あいきょう》や可愛らしさからは遠のいたし、ユーリへの想いを消すために仕事に打ち込んだお陰で、レグルスに言われるくらいに仕事に真面目な冷徹女になったりもしたが、恋に溺れてみっともない姿を晒すよりはましだ。

誤算だったのは、ユーリに対して辛辣《しんらつ》な言葉を吐くようになってしまったことだ。それでもユーリがリンジーに対して嫌な顔をせずにいてくれるのは、故に彼が大人だからなのだろうか。それとも、気にすることもない瑣末な存在として彼の中にあるのか。

この恋を変に拗《こじ》らせている自覚はある。

けれども、こちらを振り向いてもくれないユーリを振り向かせる手管を知らなければ、そんな自信も、ましてや彼に釣り合う身分もなかった。

彼と対等にいられるのは仕事のことだけ。だから、恋は上手くはないが、仕事では上手くやっていきたい。


そう思って駆け抜けたこの二年。

もうすぐこの恋に終わりが来る。

きっと彼はシャロンを上手く愛せるだろう。自分の力で幸せをつくることができる人だ。

ちょうどよかったのだ、この不毛な恋を終わらせるのにはユーリの縁談というのはいい薬になる。

美しく桃色に染まる蓮の花はいつもリンジーの心を癒してくれるのに、今日ばかりはその効果はないようだ。寧ろその華美な様がシャロンを彷彿《ほうふつ》とさせて心が落ち着かない。心が妙に騒ぐのだ。ざわざわざわざわと忙しい。

ふぅ、と深く息を吐いて目を閉じる。落ち着け、このままでは仕事にならない。そう言い聞かせ心が静まるのを待つ。

けれども瞼《まぶた》の裏に浮かんでくるのはユーリの顔。それとシャロン。忘れたいものばかりが浮かんできて、落ち着くどころか更に心のざわめきが激しくなった。

(ああ、もう。……どうして)

上手くいかない。

何度無心になって忘れようと思っても浮かぶユーリの顔。忘れるなと言っているようで苦しい。それはこの恋心が言わせているのか、それともそう望んでいるのか。

意外にも往生際《おうじょうぎわ》が悪いものだ、恋心というものは。


「ウォルスノー女史」

そして、運命とかいうものも随分とまた意地悪らしい。せっかく忘れようとしているのに本人が目の前に現れて名前を呼ぶのだから。

目を開けると、リンジーの好きな顔。相手の全てを赦し包み込んでくれるような、優しい顔。

「ダンクレスト団長」

名前を呼ぶと、柔らかく微笑む。

(ああ、やっぱり好きだ)

この顔を見る度に実感する。顔を見ただけで泣きたくなるほどドキドキして、幸せになるのだから。

「さっき渡すのを忘れていた。これ、次の軍事演習の予定表と費用一覧」

「すみません、わざわざ」

リンジーに資料を渡し、そのままその隣に座った。小さな東屋に二人。少し距離が近い。

「こっちこそ悪い。多分、今回の演習も結構金のかかるものなんだ。またモルギュスト殿に嫌味を言われてしまうかもしれない」

申し訳なさそうに言うユーリの顔を見て、渡された資料をパラパラと捲りさっと目を通す。

今回の軍事演習は隣国との国境付近の山地での戦いを想定したもののようだ。国境付近のアウグスト領の領兵の合同訓練も盛り込まれている。確かにいつもよりは費用はかさむ。そもそも国境付近まで行く行程だけでも金がかかる。モルギュストが目を通したら一瞬で却下されそうな内容と費用だった。

以前はよく国境付近への遠征が行われていたのだが、モルギュストが財務省次官となり決裁の一《いっ》斉《さい》を担うようになってからは費用削減を要求されるようになり、遠征の機会も失われていた。それを団長であるユーリはずっと危惧しているようだった。

「万が一隣国が攻めてきた場合、おそらくアウグスト領の兵と共に戦うことになるだろう。あそこは山地が多く敵が来るとしたらそこからだ。アウグスト領兵は慣れたものだろうが、援軍として行くうちが不慣れな山地での戦いで足を引っ張るということはどうしても避けなければならない。だから一度経験を積んでおきたいんだ」

グロウスノアの騎士は皆若い。戦争で国境付近まで赴《おもむ》いたのは一番最近ですでに三十年も前のことだ。そのため実戦経験は乏《とぼ》しく、尚且《なおか》つ有事の際に現地での戦い方を知らないというのは不安要素でしかない。

「なるほど。そのために前回の演習の費用は抑えていたんですね」

「まぁな。それでも今回の費用負担が大きい。お前には迷惑かけるとは思うんだが……」

「いえ、大丈夫です。それが仕事ですから」

そもそも軍事演習用の予算は年間で確保してある。今回の演習の費用を併せても予算内には十分収まる計算だ。そこら辺の調整が難航するのは毎度のことなのに、何故そんな申し訳なさそうな顔をするのか。問いかけるように、ユーリを仰《あお》ぎ見る。

ユーリはその視線の意味を悟って、苦笑して頬を掻《か》いた。

「以前からお前が騎士団の費用の決裁を願い出ると必ずモルギュスト殿の怒声が聞こえてくると聞いた。そもそも合同訓練や軍事演習自体必要なのか、無駄な金を使わせるなって詰られてもいるとも。最初の頃は資料を破られたりしていただろう？」

「……ええ、まぁ」

誰だ、ユーリに余計なことを吹き込んだ奴は。隣で聞いていて自然と顔が苦々しくなる。

リンジーの直属の上司であるモルギュストは、軍を保有しないマグダリア国でその役目を背負う騎士団には否定的だ。儀礼や高官の警護を主な仕事とする儀仗兵《ぎじょうへい》としての騎士団は認めてはいるが隣国間との関係が良好な今、戦争など起きる心配もなければ下手に軍事演習などをすれば隣国を刺激するのではないかと逆に危惧している。

保守的と言えば聞こえがいいが、リンジーにしてみれば平和ボケしている。

「それに対してお前、反論しているんだってな。演習の必要性を説いてどうにか納得させるまで毎回粘っているってことも聞いた」

ユーリに吹き込んだ人物は随分とぺらぺらと話してくれたらしい。犯人は大方ノールグエストあたりで間違いないだろう。

そんなことユーリには知ってほしくなかった。そんな必死な自分、傍から見れば恥ずかしいじゃないか。できればこの人の前ではスマートに仕事ができる人間でいたいのに。

「すまない。お前には毎回苦労をかけているとは知っているが、力になるどころかむしろ負担をかけている」

「別に謝られることじゃありません。最初こそ大変でしたが、今は慣れましたから。言いましたでしょう、これが私の仕事ですから。余計な気遣いです」

ユーリにこんな風に労られると嬉しくて恥ずかしくなる。顔が赤くなるかもしれなくて、それを隠すように少し俯きがちになった。

「モルギュスト次官は戦争など起こるはずがない、今は平和なんだと言ってますけど、そんな平和ボケしていられるのは騎士団の皆さんがいらっしゃるからです。有事に備えてしっかりと訓練していらっしゃるからです。何かあった時騎士団がどうにかしてくれると思っているからこそ、そんなこと言えるのですよ」

隣国間の関係は良好。そうは言えども何がきっかけで両国間に緊張が走るかは分からない。詳しく見ていけば火種が全くないとも言えないし、もっと他の外敵から攻撃を受けるかもしれない。

実際隣国とは最近一度は収まったはずの鉱山の利権問題が再浮上している。この平和が盤石《ばんじゃく》なものとは言い切れない部分もポロポロと出てきているのだ。

リンジーは軍事演習は必要不可欠なものだと認識しているからこそ、その必要性をモルギュストに説き、その承認をもぎ取っている。だからこれは当然のことなのだ。仕事として必要なこと。

「私は実際に共に戦うことはできませんから、微力ではありますが私のできることでお手伝いしているだけですよ」

こんな自分がユーリの手伝いをするなんておこがましいことを言っているようで気恥ずかしい。けれどもそれを気取られないために努めて無表情でいると、ユーリは目を眇めた。

そして、そっと優しく頭を撫でられる。あの時と変わらない大きく、優しい手。

以前は慰《なぐさ》めの意味合いが大きかっただろうけれども、今回のこの手にはどんな意味があるのだろう。心地よさは相も変わらずで、うっとりとしてしまう。

「……何ですか、この手は」

「ありがとう、ってことかな」

「口で言ってくだされば十分です」

その言葉が心の中にじんわりと滲《し》みいる。ああ、嬉しいとリンジーの全てが喜んでいる。ユーリから贈られる『ありがとう』という言葉は最上級の讃辞《さんじ》だ。憧れの、そして好きな人に仕事を認めてもらえるなんてこれほど嬉しいことはない。どうしようもなく顔が緩み、口元がニヤつく。嬉しくて嬉しくて想いが溢《あふ》れ出そうだ。

フフ、と笑いそうになって隣にユーリが座っていたことをようやく思い出して、慌てて顔を戻した。やってしまったと後悔しながらも恐る恐るユーリの顔を見ると、相手もまたこちらを見ている。見ているというよりは凝視に近い感じではあるが、またあの執務室で見たような珍しいものを見るような目をしていた。やはりニヤけていた姿をまたしても見られてしまったようだ。今日はどうも失態が多い。どこか心が浮ついているのかもしれない。『勝手に顔を見ないでください』と恥ずかしくてその手を跳ねのければ、ユーリは笑いながら手を退けてくれた。


「そういえば、ウォルスノー、いつ見合いをするんだ？」

でもそんな嬉しさも一変、ユーリの言葉に冷や水をかけられた気持ちになった。胸に石が詰められたように重くなり、先ほどまで饒舌《じょうぜつ》だった口も重い。幸せな夢から現実に戻された。

「今度の、休みに会う約束を、……しているようです」

「そうか」

「ダンクレスト団長は、いつ頃、お会いなさるんです？」

「……さぁ、な。話がきているってだけで具体的なことはまだ聞いていないんだ」

「そうですか」

「ああ」

そこで二人の会話が途切れた。お互いに口を開くことなく妙な沈黙が流れる。

リンジーはこれ以上話を聞いて下手に傷口を広げたくないと思って口を噤んでしまったけれど、ユーリはどうしたのだろうか。いつもあれだけ饒舌《じょうぜつ》な彼が押し黙るのは珍しい。自分から切り出したくせに、デリケートな話題にどう話を続けていいものか分からなくなってしまったのだろうか。何だかこの沈黙が怖くて緊張して息をのむ。ユーリの横顔は真面目で、何を考えているか読み取れない。

「お互い同じような時期に話が来るなんて、妙な縁だな」

「はい」

リンジーも同じようなことを思った。皮肉な運命とも。

「団長はとうとう年貢の納め時って感じですね。もう他の女性と浮名を流すこともできませんね」

「別に流したくて流しているわけじゃないんだがな。口煩く結婚のことを言われて逃げ回っていたが、さすがの父も痺れを切らしたようだ」

「どこの家も一緒ですね。私のところも同じようなものです」

「お前はまだ若いのにな」

「結婚は女の幸せだと母は考えているようで。その女の幸せを早く掴んでもらいたいようです」

「幸せ、な……」

そう言ってユーリが遠い目をする。何かに思いを馳せるような、未来を見ようとしているような。

「なぁ、ウォルスノー。好きでもない相手と結婚して、幸せになれるもんかな、……俺達」

『俺達』。

それはユーリとリンジーのことを言っているのか、それともシャロンとのことなのか。

そう日常的に形容されるような仲になりたかったが、それは叶わぬ夢。見ようとしても決して見ることができない未来。

手探りのように辿るしかない運命の糸は、果たして幸せを齎《もたら》してくれるのだろうか。

「……私にも、わかりません」

それは運命の随《まにま》に漂う。

第二話

休みの日。

母とともに見合い相手の家へと赴《おもむ》いて、お見合いというものを一通りこなしてきた。

あくまで『こなしてきた』だ。事務的に、母に口酸っぱく言われたように表面的には楽しそうに。


この間のユーリとの会話以来、どこか心在《あ》らずになった。気がつけばユーリのことを考えている。仕事に集中しようとしても他のことを考えようとしても心許なく、すぐに思考をユーリに持って行かれそうになる。

見合いの最中もそうだった。自分のことなのにどこか他人事。薄い膜がリンジーの頭の中に張ってしまったかのように、全てが不鮮明に見える。

見合い相手、サイジル・フラビィフは口を開けば自慢話しか出ない、典型的な女に嫌われるタイプの男だった。

ハイスペック狙いの女ならその話で釣れただろうが、残念ながらリンジーには心惹かれるものは何も見当たらない。それどころか、途中で話を聞くのが面倒になって適当に相槌《あいづち》を打ちながら、半分以上彼の話を聞いてはいなかった。これはよくモルギュストから演習の予算提出時に必ずと言っていいほど言われる嫌味や詰《なじ》りに対しても使っている、リンジーの得意技だ。

サイジルの話はつまらないし、実がない。つまりはリンジーにとってはこの時間が無駄だと思えるような話題しか話してこない。もちろんユーリと比べてしまう部分もある。それでもこの男が自分の夫になると考えた時、果たして自分はこの無駄な話に死ぬまで付き合っていけるのだろうか。ありえない。

ところがそれではそろそろお開きに、となったところでサイジルはとんでもないことを言いだしたのだ。

「今度王妃陛下が主催される夜会に招待されているのですが、是非リンジー嬢もご一緒に」

彼としては王室御用達の凄さを見せつけるための申し出であったのだろうが、リンジーにとってはとんでもないハタ迷惑な話だった。

夜会など貴族社会の催し物に平民の自分が出たこともなければマナーなど一切知る由もなく、恐れ多いにもほどがある。着ていけるようなドレスもないし、そもそも貴族ご令嬢と肩を並べられるような煌びやかさは自分にはなく寧ろサイジルの恥になるだけだと、冷静にけれども懸命に説明しお断りをした。

けれどもそれを一蹴《いっしゅう》したのは空気を読まない母だ。

夜会と聞いて『素敵素敵』と連呼し、『絶対に行くべきよ！』とごり押ししてきた。その目はさながら貴族界の華やかな様子に思いを馳《は》せ夢を見ている少女の如《ごと》く。こうなってしまった母は、もう何を言っても無駄だと知ってしまっているリンジーは、渋々ながらも承諾することになった。

ドレスはこちらでご用意しますよ、というサイジルは、『妻になったら夜会に招待されることも多いでしょうから、今のうちに慣れておきましょう』と大変ご機嫌な様子で言い加えた。

それが約十日前。

明日はいよいよ問題の夜会というところで、リンジーの心は酷く沈んでいた。

夜会など行きたくはない。それだけでどこまでも沈みこめる。

けれどもそれ以上に嫌なのが、サイジルが用意したドレスだ。

絶対にこんな短期間でドレスなど用意できるとは思っていなかった。これから採寸して作るなんて無理だ、常識的に。でも何故かできあがっている。最終調整のために試着したがサイズもぴったりだった。察するに、リンジーの服を作ったりする母からサイズを聞いて事前にサイジルがドレスを誂《あつら》えていたに違いない。

夜会に着ていくようなドレスなど着たことのないリンジーは、色やラインなど良し悪しは分からないがこれだけは分かる。ドレスを見た瞬間に、失敗したとはっきりと思ったのだ。

——まさか、ドレスの色を真紅にして仕上げてくるとは
雷に打たれたような衝撃を受けた。これを本当に自分に着せるつもりなのかとサイジルと母の頭を疑ったほどだ。

似合うはずがない、こんな派手な色。

もっとよく考えてほしかった。この地味な黒髪にぱっとしない顔、どう考えても真紅という派手な色には似つかわしくない。ふと浮かんだのがマリアベルとかシャロンの顔だ。ああいう正統派の金髪美女にこそ相応しい。自分には分不相応だ。貴族の皆様に嘲笑されるのがオチだ。

もちろんこのドレスを見た瞬間に異議を申し立てた。自分には似合わないので、着て行ってしまったらサイジルに恥をかかせてしまうかもしれない。今から他にドレスを作ろうにも間に合わないので、今回の夜会は辞退させていただくとさえ言ったのだが、にべもなく却下された。サイジルも母も似合うから問題ないと言って、聞く耳を持ってはくれない。むしろそのドレスを着て夜会に出ることを強要されたのだ。全くもって話にならない。

あのドレスを人様の前で着ることになると考えるだけで、緊張で気分が悪くなってきそうだった。

「へぇ。グロウスノアは次は山登りするのか。ユーリの奴張り切っているな」
「費用の承認が出ればなんですがね」
「なるほど。日数はかかるしその分金もかかる。モルギュストもなかなか首を縦に振らないだろうさ」

ユーリから軍事演習の計画書を貰った後に、その話はモルギュストのところで止まってしまっている。案の定彼がその計画に待ったをかけているからだ。

費用一覧を見た後にあの太い眉を吊り上げ、たった一言『却下だ』と言ってリンジーに突き返してきた。リンジーがいくら食い下がろうとしてもけんもほろろに追い返され、頑《かたく》なに話も聞こうとはしない。

今度のモルギュストは手強い。ドレスの件もそうだが、モルギュストのその態度も今リンジーの頭を悩ませているものだった。

それをサンドリオン騎士団団長のシュゼット・ミリオンドレアにグロウスノアの軍事演習のこと

を聞かれた際に、ついつい漏らしてしまったのだ。いろいろと頭の中がいっぱいになっているのかもしれない。

シュゼットはいち騎士団を率いる女傑だ。三十八歳の妙齢の女性で、筋肉質ではあるものの大人の色香が漂う。見た目はいいものの、豪快で明け透けな物言いをする性格がそれを台無しにしている。その代わり部下からの信頼は篤《あつ》い。リンジーの憧れる女性の一人でもあった。

「んで、うちはどうだった？」

「許可下りましたよ。おめでとうございます」

財務省長官の許可印の押された資料を渡すと、シュゼットはにやりと笑って『当たり前』と鼻が高そうに言う。

「そりゃあのモルギュストの狸《たぬき》にねちねちねちねちねちと言われないように、ギチギチに切り詰めたからね。ユーリが派手なことをするって言ってたから、こっちは地味にしておかないと私達がよくてもリンジーがあの狸に責められるでしょ？」

「ありがとうございます。そこまで考えてくださって」

「いいのよ。ただ、考えるのが面倒くさかったってのもあるから。その代わり次の時は今度はこっちが派手にいかせてもらうわ」

「はい。そのためには今回のグロウスノアの演習の承認を何としてでもいただかなくてはいけませんね」

「あの肉達磨《にくだるま》の相手をあんたにさせるのは忍びないけどね」

口は悪いが、何よりもシュゼットが心配しているのはリンジーのことのようだった。それが嬉しく、面映ゆい。ますますもって気合を入れなければならないと、リンジーはシュゼットやユーリの期待に応えるべく決意を固めた。

「あれはね、自分より身分が下と見れば途端に横柄《おうへい》になる。むかつくことに私も下に見られているから。私が出張っても無駄骨になる可能性が高い」

モルギュストは伯爵、シュゼットは子爵を賜っている。爵位としてはモルギュストの方が上なので、シュゼットには強気に出られるのだろう。もちろん平民のリンジーに対しては、その比にならない。

「となると、ネイウスんとこの爺さんが出張れば一発なんだけどなぁ。あいつ爺さんが出てきた日にはカラクリ人形のようにヘコヘコするんだろうな。あんたが中継ぎをしているから好き勝手しているけど、本人目の前にしたらそうもいかないだろうし」

ニヤニヤと笑うシュゼットは、きっとヘコヘコと頭を下げるモルギュストの姿を思い浮かべているのだろう。

できることなら日ごろの鬱憤《うっぷん》を晴らすべくそうはしてみたいものだが、そう容易《たやす》くはいかない。そういう手段もあると頭に置いておいて、今はできることをするだけだ。

「それは最終手段として取っておきますよ」

笑って返せば、シュゼットは『つまらない』と言ってむくれる。シュゼットは仕事はすこぶるできるが少し悪乗りが好きなのがたまに瑕だ。

さて、次に赴くことになっているのはユーリのところではあるが、残念な知らせを持っていくことになると思うと気が進まない。

ユーリはどう思うだろう。

何もできなかったリンジーに失望してしまうだろうか。

まだいくらか時間に猶予《ゆうよ》はあるので粘るつもりではいるものの、それでも今の計画を縮小せざるを得なくなるだろう。きっとユーリの望む形では実現できない。せめて仕事面では役に立ちたいと思っているのに、思っている以上に自分の力は足らないものだった。落胆するユーリの姿を思い浮かべて、リンジーもまた肩を落とした。


「失礼します」

団長執務室をノックして入ると、そこには珍しくユーリしかいなかった。いつもは煩いほどの言葉の矢が飛んでくるのに、レグルスがいないお陰でそれが一切ない。その珍しいことに戸惑って、リンジーは目を開いて扉のノブを持ったまま止まってしまった。

「今日はレグルスは所用で出ている。ソフィアランスは休憩中だ」

「……あ、はい。そう、ですか。意外と団長一人だと静かなものですね」

「俺が独り言でも言ってると思ったか？」

「いえ、執務室に一人になった途端、女性を連れ込むものだと思っておりました」

「さすがにそれはない」

いつもと違う静けさに戸惑っているリンジーを見て、机で仕事をしていたユーリがわざわざ説明してくれた。あの二人がいないことも往々にあるはずなのにあの騒がしさがないだけで戸惑うとは、慣れというものは怖い。

しかし、そうなるとこの密室にユーリと二人きり。仕事とはいえ妙に意識してしまう。

ユーリが何度か咳をして、その音が静かな室内に響き渡った。

「これ、以前出していただきました軍事演習の計画表なのですが……」

「モルギュスト殿に突っ返されたか」

ユーリも結果のほどはだいたい予測できていたのだろう。リンジーが結論を伝える前にずばりと言い切った。

「すみません。私の力不足です」

「いや、そんなことはない。お前は今回も尽力してくれたのだろう？」

腕を組み厳しい顔をしているユーリを見ていると、謝罪の言葉しか出てこなかった。

きっと怒っているわけではない。こんなことでリンジーを責めるような人ではないとは分かっているものの、やはり申し訳なさが先立つ。

「今回出した費用は以前アウグスト遠征の時のものを参考にした上で想定される最大限のものをのせた。そこからまだ削ぎ落とすことも十分可能だ。徐々に削っていってモルギュスト殿を懐柔《かいじゅう》させていくしかないだろうな」

「はい。おそらくそうくるかと思って、一応私なりに費用削減案を作ってきました。お役に立てるか分かりませんが」

「いや、助かる。ありがとう」

なかなか地道な作業だ。けれどもその地道な努力が実を結ぶのは難しいのではないかと、リンジーは陰鬱《いんうつ》な気持ちになる。今回のモルギュストは頑ななのだ。意固地になっていると言ってもいい。

「ちなみに他のところのは？」

「はい。サンドリオンはミリオンドレア団長がグロウスノアが派手にするっていうのを聞いて、敢えて費用を抑えめにしてくださったようで、すんなりと」

「そうか。それはシュゼット殿に礼を言わねばな。それでネイウスは？」

「……あの、ネイウスも、許可が下りました」

言い淀みながらも伝えると、途端にユーリの顔が顰《しか》めっ面になった。

このユーリの反応は致し方ない。なにせネイウスもグロウスノアと同じような規模の軍事演習を計画しており、費用も同じくらいかかるのにネイウスのみに許可が下りたのだから。

「…なるほど。どうやらモルギュスト殿には費用以外にも判断基準があるようだ」

むっつりと不機嫌に言うユーリに、モルギュストと同じ財務省の人間としての弁明の言葉を探したが、どんな言葉も薄っぺらくなると思った。

実際、モルギュストが許可を下す際の判断材料としてあるのはその費用の大きさと、そしてモルギュストにとって無駄でないかどうか、相手の身分が自分より上なのかどうかだ。

「ネイウスは今回貴賓在国中の有事に際しての対策と、道中の警護演習だったたな」

「はい」

「……ガルフィールド公には媚びへつらう、か。俺は随分とモルギュスト殿に舐められているらしい。なるほど、爵位も受け継がない若造には払う敬意は爪の先ほどもない、と」

とりあえずここは『上司がすみません』と謝るべきだろうか。私的な思想を仕事に持ちだし、あげく強い者にはとことん弱い上司ですみません、と。

誰の目から見ても明白だった。

ネイウスは儀仗兵《ぎじょうへい》としての性質が強い。逆にグロウスノアとサンドリオンは軍事的役割を担う。

だからそれぞれの役割に合った演習を計画し提案しているのだが、モルギュストの中ではそこに優劣がついているらしい。

つまりは自分より身分が高いガルフィールドが率い、かつ王族や要人警護をするネイウスの演習にいくら金がかかっても構わないが、爵位を継ぐことがない次男坊の若造が率いるグロウスノアや、身分の低い団長のいるサンドリオンには、軍事演習などの必要はないので金を出すのも惜しいということだ。

モルギュストは以前からそういう一面からでしか物事を判断しないところはあったが、今回は特にそれが顕著だ。ユーリも納得いかないのであろう。

「どうにかモルギュスト殿の考えを和らげる策はないものかな」

ユーリは組んでいた腕を解いて椅子に背を預けて天井を仰ぐ。

おそらくシュゼットの言うようにガルフィールド公がモルギュストに圧力をかければすんなり上手くはいくのだろう。けれども、それは今後財務省と騎士団の中でいらぬ軋轢《あつれき》を生むかもしれない。

「実際に訓練を見ていただくのはどうでしょう。来月のゼリオン平原で行うグロウスノアとサンドリオンの合同訓練にモルギュスト次官をお呼びして、直に見ていただきながら必要性を訴えるというのは」

きっと、モルギュストは騎士団の実情を知らない。紙の上や噂でしか騎士団を見たことがないから、頭ごなしの否定しかできないしリンジーの反論にも上手に返すことができずに、最後は投げやりになることが多いのだ。これはモルギュストの固定概念を打ち砕くいい機会になるかもしれない。

「しかし、招待したところであのモルギュスト殿が素直に来るか……」

「そこは、次官だけでなく長官もお呼びすれば問題ないと思います。長官がわざわざ足をお運びになるのに、モルギュスト次官がついて行かないということは恐らくないでしょう」

「ああ、確かに上官を蔑《ないがし》ろにできる人ではないな。なるほど、それはいい考えかもしれない。早速シュゼット殿とバドルード長官に話してみよう」

財務省長官であるバドルードはこの夏長官に就任したばかりで、なにごとも自分の目で確かめたがる人だ。就任初日に自分の部下達の仕事場にやってきて、実際にどんな仕事を受け持っているのか一人ひとりに聞いて回るほど。まだ三十代前半とモルギュストよりも年若いが、その考えに柔軟性を持ち、耳を傾けてくれる人でもある。おそらくバドルードであれば、ユーリの招待に二つ返事で了承するだろうという確信がリンジーにはあった。

「私も何かお力になれることがあれば言ってください」

「今回の提案だけでもかなり役に立ったよ。ありがとう」

これで少しは光明が見えてきたということだろうか。さっきの厳しい顔とは違っていつもの柔和に戻ったユーリの顔を見て、ほっとする。やはりユーリはこうでなくてはならない。

「では、再度費用を調整の上提出してください。また明後日伺います」

「ああ、悪いな」

そう言って、ユーリは何度か咳をして、苦しそうに喉を鳴らす。そういえばさっき執務室に入った時も咳《せき》をしていたことを思い出した。

「団長、風邪ですか？」

あまり見ないユーリの調子の悪そうな様子に思わず聞けば、ユーリはばつの悪そうな顔をする。

「最近いろいろ根を詰め過ぎたらしい。軽い風邪だとは思うが、どうにも喉の調子が悪くてな」

夏も終わり、そろそろ夜も冷えるようになる頃だ。季節の変わり目は体調を崩しやすくなるし、合同演習や軍事演習などの仕事も大詰めでいろいろ忙しいのかもしれない。

リンジーはポケットの中に手を入れて、甘露飴を取り出す。よくリンジーも忙しさで体調を崩すと喉にくるので、甘露飴は常備品としてポケットに入っていた。

「不摂生し過ぎなのでは？　これ、どうぞ」

ポケットにあった飴を全部取り出して目の前に突きだすと、ユーリは素直に受け取る。

「ありがとう」

たかが飴でそうも嬉しそうに微笑まれるとは。

そんなに嬉しいものかと不思議に思いながらも、こういう些細なことでもユーリの役に立てたことを密かに喜ぶ自分が何だか滑稽《こっけい》だと気恥《きは》ずかしくなった。

◇◇◇

夜会当日。

その日は母の勧めもあって事前に休みを申請していた。

前日のうちに実家に帰って、母から『明日は気合入れるわよ！』と言われてある程度の覚悟はしていたが、いざ翌日になり目の前にメイド三人が並び、『爪の先まで磨かせていただきます』と言われた時には母の張り切りようを舐めていたと後悔することとなった。

メイド達が言うには、今日この日のためにわざわざ多種類の化粧品やボディクリーム、香油、マニキュアなどを揃えたのだという。たった一度の、しかも本人が気乗りもしない夜会のためにこんなに無駄にお金を使うとは勿体ないと溜息を吐きながら、マッサージを受けた。日頃のデスクワークが祟っているせいか、あちこちこっている。たまにこういうマッサージを受けるのもいいものだと思い始め、途中からはどうにでもなれと投げやりな気持ちでメイド達のされるがままに身を任せた。

ところが本当に全身、言葉の通りに爪の先まで磨かれた後、思わぬ苦行を強いられることになる。

「お嬢様！　身体中の空気を全部吐き出してくださいませ！　もう少しでございますよ！」

「……ぐっ、ぅ」

コルセットというものは本当に人間を絞め殺せる凶器だ。その凶器がもう無理だと訴えてもこの身に食い込み、限界を切実に訴えかけてもそれでもメイド達はまだまだだという。

「お嬢様、少しお胸が大きくなられました？」

「……う、」

返事もままならない。本当に胸が苦しい。

太っているわけではないとは思っていたのだが、それでもこのギリギリと締めつける圧迫感に、ダイエットの必要性を感じさせる。

貴族のご令嬢達は本当にこんなものを身体に巻いて生きているのか。初めてコルセットというものを身につけた立場からすると信じられない。これはある種の拷問ではないかとすら思える。

ようやくコルセットの紐が縛られ、くたくたになった頃にリンジーの目の前にあの目の痛くなるドレスが広げられる。

何だかげんなりしてきた。

本当にこんなに着飾っても、こんな自分が綺麗に見えることがあるのだろうか。少しはあのシャロンやマリアベルと並べるような容貌にできあがるのかはなはだ疑問である。

これがもし夜会の同伴相手がユーリだったのなら多少なりとも心持ちが違っていただろう。けれども、相手はあのサイジル。またあの自慢話を聞きながら、コルセットで内臓が飛び出そうなのをひたすら我慢しなければいけないなんて。

鏡の中で髪を結いあげられて作られていく自分を眺めながら、サイジル相手に着飾っていくことに不毛さを感じずにはいられなかった。


「きゃあ！　やっぱり私の娘ね！　いつもはあの味気ない官服を着てるからそうでもないけど、こうやってちゃんとドレスを着れば本来のリンジーの美しさが出てくるわ！」

綺麗に仕上がったリンジーを見て、母は感嘆の声を上げた。言葉の途中で『味気ない官服』というのが聞こえて少し落ち込む。あれはあれで気に入っていたのだ。何よりも動きやすく、機能性を重視したデザインとなっている。このドレスのように機能性を無視したただ華美な服とは違う。

「…………ちっ」

はしゃぐ母の横で舌打ちをしてむっつりと黙りこんでいるのはギルバートだ。母の強引さに負けて黙っていたが、この見合いには気乗りしていないらしい。リンジーがサイジルのためにここまで

着飾ったことが気に入らないのだろう。その証拠に少し目を見開いている。あれは怒る一歩手前だ。褒め言葉一つ言わず、ただ不機嫌そうにしていた。

それに加えゲオルグにからかわれたことも大きい。ゲオルグに終始『あんなに綺麗なんだから褒めてあげなよ』と言われ続けていたためか、逆に意地になってしまった。

「リンジー、とても綺麗よ」

そう言って手を握ってくる母は、今にも感動の涙を流しそうなくらいに瞳を潤ませていた。まるでリンジーがこのままお嫁に行くような雰囲気だ。大丈夫なんだろうか。このまま騙し討ちされてサイジルと結婚式をあげるなんてことにはならないかと一抹の不安を感じた。

「夜会、初めてで緊張すると思うけれど楽しんできて頂戴《ちょうだい》ね」

それに、と付け加えて母の口が耳元までやってくる。

「このお見合い、嫌だったら断っても大丈夫よ」

今まであんなに乗り気だった人の言うこととは思えずに、目を瞬《またた》かせて固まってしまった。ありがたい話ではあるが、母がここまで強引に推し進めたのに何故今更、と。

「結婚は女の幸せだけれども、望まない相手と結婚してほしいわけじゃないのよ。だから貴女が無理だと思ったら遠慮せずに断りなさい」

母親の顔をしてそう言ってくれた母は次の瞬間いつもの少女のような表情に戻り、自分の手を合わせて楽しそうに最後にこう付け加えた。

「それにリンジーのドレス姿を見られただけで私もう満足だもの！」

いつものことながら我が母の考えていることはいまいち理解できない。

そうこうしているうちにサイジルが迎えにきたとメイドが告げ、いよいよ夜会へと出発したのだった。

もちろんサイジルもリンジーの今日の姿を褒めてくれた。自分が選んだドレスだ。それを着て綺麗になったリンジーを見て至極《しごく》ご満悦《まんえつ》なのだろう。

サイジルの言う『綺麗だ』という讃辞も、『こんな綺麗な方とご一緒できて幸せです』という世辞も、ユーリが言ってくれていたらきっとこの夜会に向かう道中はもっと楽しいものになっていただろう。

サイジルの言うことに返事はすれども、今日も全ての言葉が耳を滑る。ぼんやりとしながら今日という日が早く終わってしまえばいいのにと、それだけを思っていた。


王妃主催なだけあってどうやら規模の大きい夜会らしい。王宮の舞踏場に足を踏み入れた途端にその人と光の洪水に気圧《けお》されて、立ち尽くしてしまった。

まさに優美、絢爛《けんらん》。その煌びやかな世界は今までリンジーが知っているものとは全く違う。貴族の世界というものはこんなにも優雅で品位というものをまざまざと感じさせられるものなのかと、あまりにも自分が場違いで足が竦《すく》みそうになった。

入場する度に名前が呼ばれる。自分とサイジルの名が呼ばれるのを聞きながら、恐る恐る一歩を踏み出した。

緊張で身体が硬い。もし、サイジルの腕に手を回していなかったらまともに歩いていけなかったかもしれない。たびたびそんな緊張するリンジーを気遣ってかサイジルが声をかけるが、『大丈夫です』としか返せない。むしろこちらが迷惑になっているのではないかと焦ってしまう。やはりこんな場慣れもしていない女をエスコートするのは骨だろう。

なんとか主催者である王妃への挨拶をぎこちなくではあるが済ませ、それが終わるとだいぶ緊張が解れてきたようだった。

サイジルはさすが王室に覚えめでたい貿易商なだけあって、王妃とは話し慣れた感じであった。その後それに関しての自慢話を聞かされたから、きっとそうなのだろう。

飲み物でも、とサイジルにサングリアを渡されたがあまりお酒の得意ではないリンジーは辞退した。代わりに通りかかったボーイから果実水を貰う。緊張とコルセットのお陰で飲み物もこの腹には入りそうもない。ちびちびと口に含みながら舌を濡らす程度に止めておいた。

そのうち、招待客も随分と集まってきたようだった。

サイジルもひっきりなしに声をかけられ、その度にリンジーも相手に挨拶をして回る。

相手にリンジーを紹介する時、サイジルは『今私が口説き落とそうとしている女性です』と紹介するものだから、相手もまじまじとリンジーを物色するような目を寄越す。正直気分のいいものではないのだが、それでサイジルの面目が保たれるのであれば我慢するべきだと必死に取り繕《つくろ》った。

唯一の救いは皆が皆リンジーを『美しい』と褒めてくれることだった。社交辞令だとは分かってはいるが、これで微妙な顔をされた暁には、サイジルが可哀想でこちらも立つ瀬がない。

そんな中、貴族の上客と思われる男とサイジルが話しこんでリンジーが暇を持てあましている時に、あの入場時の名前を呼ぶ声が聞こえてきた。

ユーリ・ヴァン・ダンクレストとシャロン・シャウザーの両名の名前が読み上げられた時、一気に会場中がざわめきに包まれた。

リンジーの胸中もざわつく。

皆が注目する先を見れば、騎士団の礼服を身に纏《まと》い前髪を上げて一層精悍さが増したユーリと、相も変わらずその美しさが衰えはせず美の結晶と言っても過言ではないシャロンが共に腕を組みながら入ってくるのが見えた。

シャロンが着ているクリーム色のドレスは、シンプルながらも胸のラインや裾に宝石を散りばめ、銀糸で刺繍が施されている品のあるものだった。それが彼女の金髪と合わさって更に煌びやかに見せる。美人というものはドレスや宝石に飾られない。身に纏っている本人がそれらの魅力を引き出すのだ。

リンジーはシャロンを目の当たりにして、自分の考えが間違っていたことを悟った。

似合う、似合わないの問題ではない。こんな派手な真紅のドレスでも着ないと、地味なリンジーを美しく見せることができないのだ。

勝負にもならない。

今、この時、こんな派手なドレスを着てユーリやシャロンと同じ場にいることが恥ずかしい。こんな姿をユーリに見られたくはなかった。

いまだに貴族の男と話しこんでいるサイジルに少し休むことを告げ、端の方の目立たないところに身を隠す。この真紅のドレスを身に纏った状態でどこまで隠せるか分からないが。

気を紛らわせるように果実水をちびちびと飲んでいるところを、何度か踊りにも誘われたが丁重にお断りした。あんな真ん中の目立つダンスホールなんかで踊っていたら、嫌でもユーリの目についてしまう。できることならユーリに見られることなくこの場を上手く去りたかった。

会場の中、ユーリとシャロンは誰よりも目立っていた。二人が仲睦まじく話す度に周りから感嘆の吐息が漏れ、ユーリがシャロンの腰に手を回してエスコートをすると、悲鳴にも似た歓声が沸き起こる。

目立つから嫌でも目に入ってしまうのだ。

目に映る度に惨めさと嫉妬の負の感情が、心を苛《さいな》む。格の違いをまざまざと見せつけられたような気がして、このどうしようもない現実から逃げ出したくもあった。

やはりこの夜会に誘われた時に無理矢理にでも辞すればよかったのだ。侯爵家であるユーリが王妃から招待されていないはずがなかったのに。己の浅慮《せんりょ》さに腹が立つ。

着なれぬ派手なドレスと、慣れない煌びやかな場所。

踊るユーリと、一緒に笑うシャロン。

自分が何故こんなところにいるのかが分からなくなって、心を無にするかのように流れる音楽にひたすら耳を傾けていた。

「すみません。後半、貴女をお構いすることもできずに」

「いえ。サイジル様もなかなかにお忙しい身でありましょうから。お気になさらず」

もう気疲れして帰りたいと思っていたところに、挨拶から解放されたサイジルがリンジーのところにやってきて、帰ることを告げられた。場慣れしていないリンジーを気遣ったのだろう。宴《えん》も酣《たけなわ》といったところではあったが、一刻も早く帰りたいと願っていたリンジーにとっては願ってもないことだった。

会場を後にし、馬車へとサイジルがエスコートをしてくれた。

このまま馬車に乗って家に送り届けてもらえるのだろうが、家に帰れるような気分でもなかった。もう少し気分を落ち着けたい。一人になってこの心に渦巻く汚い感情を全て洗い流してから帰りたかった。

「申し訳ありません、サイジル様。どうしても明日まで片づけなければいけない仕事を先ほど思い出しまして。今から官舎に行ってこようと思いますので、先にお帰りください」

「ですが、この夜道に女性一人で帰らせるわけには」

「いえ、お気になさらず。実家ではなく近場にある寮に帰りますので。仕事もいつ終わるか分かりませんのにサイジル様をお待たせするわけにはいきませんし」

仕事と偽り、実際に向かうのはあの憩いの場所。

この気持ちを静めるのは恐らく容易ではないだろう。どれくらい時間がかかるか分からない。サイジルに待っていられると変に心が急いて、成せるものも成せないかもしれない。

それに義理はもう果たしただろう。自由にさせてもらってもいいはずだ。

「……リンジー嬢。覚えておいてほしいのですが、我がフラビィフ家に嫁いでこられる時は、今の仕事を辞めていただくことになりますよ」

ふと隣にいるサイジルを見上げると、彼はうっすらと笑っていた。困った我儘を言う子供を見るような、そんな顔で。

「初めはこのお話をいただいた時に心配していたんです。役所は男所帯でしょう？　そんなところで働きたいと希望する女性は如何ほどなのかと。調べたところ、貴女に爛《ただ》れたようなところはありませんし、清い身。安心しましたよ。けれども私の妻となる方がそのような場所で働くとなると、いらぬ醜聞を招くかもしれない。やはり信用第一である商家の嫁には、何も恥じることがない方に来ていただきたいと思っていますので」

つまりは、男に囲まれて働いている今のリンジーは恥であると。今の職場を棄てるべきであると。そのことを勘《かん》ぐって事前に調べさせていたことに驚きつつもリンジーは冷静に彼の言わんとしていることを理解した。

フラビィフ家に嫁ぐというのはそういうことなんだろう。そういう妻を求めているということだ。男所帯で働いているからと最初から疑ってかかってきている時点で馬鹿にされてるようで憤慨《ふんがい》ものではあるが、それがサイジルにとって妻に求める最重要条件なのだとしたら、少しその怒りが薄らぐ。誰だって伴侶選びには慎重になるものだ。リンジーのように半ば投げやりにお見合いをしているのとはわけが違う。

彼の言葉ですぅっと頭が冷えていく。

なるほど。今回のことで分かったことは、サイジルという男は妻を自分の色に染めたがるということと、この見合いに乗り気だということだ。

そして自分がどうあってもユーリのことが好きで仕方がないということ。見合いなどをして現実から目を逸らしても、やはりこの心の行きつく先はユーリなのだと先ほどのことで嫌というほど実感した。

ならば、リンジーがサイジルに告げる言葉はただ一つ。

「申し訳ございません、サイジル様。やはりこのお見合いはなかったことにしてください」

きっとこのユーリへの恋心が消えない限りは、他の男と添い遂げることなどできない。

この気持ちを捻じ曲げるくらいならばいっそのこと一生独身でも構わないと思えるほどに。


馬車で先に帰るというサイジルと別れ、あの憩いの場へと足を運ぶ。

陽の下で見るのとは違って月光の薄明かりが照らす蓮の花はあの華やさはなく、鈍色《にびいろ》を纏っている。池にぽっかりと浮かぶ三日月。時折弱い夜風が湖面を撫で、その度に月がゆらゆらとその姿を変える。

夏の終わりの夜風は少し冷たい。

オフショルダーのドレスのままではその風は肌寒く、何か一枚羽織りたいところだが生憎《あいにく》ショール一つ持ってきていない。

このままでは風邪をひいてしまうかもしれないが、それはそれでユーリとお揃いになると思うと悪くはない。そんなことでしかユーリと肩を並べることができないのだから。けれども、そんなことを思ってしまう自分に笑ってしまう。

風邪をひいたら仕事に支障が出てしまうはずなのにそれすらも厭《いと》わないなんて、そんなにあの光景にショックを受けているのだろうか。

身のほど知らずな羨望《せんぼう》と、身勝手な嫉妬心。それがとうとうリンジーの矜持すらも狂わせた。


あの二人はリンジーの想像以上に完璧だった。目の当たりにした時のあの衝撃は、筆舌に尽くし難い。ユーリとシャロンという眩《まばゆ》い光ができたと同時に、会場のそこら中に影ができたような気がした。リンジーもその中に思わず潜り込んでしまった一人だ。二人が照らす光があまりにも眩くて、直視することもできなければ隠れることしかできなかった小心者。

現実は嫌というほどリンジーの中で明暗を分けてしまった。


元々は身のほど知らずの恋だったのだ。

あの月のようにパンパンに膨れあがったら、後は萎《しぼ》んでいくだけだ。簡単だ。静かに待つ、後はただそれだけでいいのだから。あの湖面の月のようにゆらゆらと揺れる心も、いずれは落ち着きをみせるだろう。

そうしたら笑って贈るのだ、言祝《ことほ》ぎを。

そうなると、作り笑いの練習をしなければならない。

周りの環境が変わって、慌ただしくなって。いつしか時は流れて、いろんなものが忘却の彼方へと沈んでいく。きっとこの恋心もそうだ。ユーリへの想いも、過去のものにできる。時が全てを連れ去ってくれるのだ。

とにかく今は明日のための準備をしよう。

ユーリに会っても動揺しない、いつもの自分をここでつくっていこう。

そうしたら、きっと今の弱い自分を隠すことができるから。


「……ウォルスノー女史？」

目を閉じてその準備に取りかかろうとした時、後ろから声がした。

その聞き覚えがある、そして今一番聞きたくない声にリンジーの肩が跳ね、振り返ることができなかった。

リンジーの名を『女史』とつけて呼ぶ人は、知っている限り一人しかない。そしてその芯のある真っ直ぐとした声で話す人も、一人しか知らなかった。

（どうしてこんなところに……っ！）

来るはずがないと思っていた人間が、今すぐ後ろで自分の名を呼んでいることが信じられなかった。

ありえないだろう。リンジーが夜会を後にした時は、まだ盛り上がっている最中だった。先はまだ長いと思えるような賑わいだったはずだ。それなのに、何故今日主役であったと言っても過言ではない人間がこんな官舎と騎士団本部の間の渡り廊下なんかにいるのか。皆目見当もつかない。

驚きと戸惑いに後ろを振り返れないリンジーに焦れたのか、その人物は前に回ってきて隣に腰を下ろしてきた。

「どうした？　こんなところで」

「…それはこちらの台詞ですよ、ダンクレスト団長」

こちらを覗きこむその人物は紛れもなくユーリ・ヴァン・ダンクレスト。シャロンと共にいたはずの男だった。

「俺は少し体調が思わしくないから抜けてきた。シャロン嬢ももう帰るというから、馬車まで送り届けてお役御免だ」

「ああ、そういえばお風邪を召されていましたね」

後ろに撫でつけていた前髪を手で崩し、力を抜くように椅子の背もたれにその身を預けていた。

今日のユーリは礼服だ。白地に黒のラインに、そこに豪奢《ごうしゃ》さを足すかのように金糸で刺繍《ししゅう》された目立つ装い。着る人を選ぶがユーリにはとても似合っていて、普段よりも数割増しで魅力的に見せる。外套もそれに合わせたものなのだろう。

いつも隣にいるだけで平静さを装うのが精一杯なのに、今日はその礼服のせいか難しい。夜でなければこの真っ赤に染まった顔が見えていただろうし、もしかすると声が上ずってしまっているのもばれているかもしれない。ドキドキする。いつもより増して。

「それもあるが、挨拶する先々で酒を飲まされてな」

「体調が思わしくないのに何やっているんですか……。それとも団長、お酒弱かったのですか？」

「いや、そうではないんだが……」

顔を逸らし口元を手で覆いながら顔を歪め、途端に口を噤んだ。

何か他に要因があるのだろうか。苦い顔をするユーリを見つめながら首を傾げると、観念したかのように吐息を吐いて項垂れた。

「……薬、をな、盛られてな」

「え?! そ、それは毒の類とかですか?!」

「いや、そういうものではないんだ。特に害のないものだが……」

先ほどからユーリの言葉の歯切れが悪い。よほど言いづらいものだろうか。害のないものだとはいえ、何か目的を持って人は他人に薬を盛るものだ。楽観視できないのではないだろうか。

「周りにいたご令嬢の一人にいつの間にかグラスに入れられていたらしくてな。そのご令嬢に追いかけ回されてここまで逃げてきたというのもある」

「それは災難でしたね。今までの女癖の悪さがとうとうここにきて祟《たた》ったということでしょうか」

「おいおい、随分な言い草だな。俺は女癖が悪いわけではなくて、ただ女性に言いよられる機会が多いというだけだ」

「物は言いようですね。……それで体調はどうです? 何か変わったところはありますか?」

「いや、今のところは大丈夫だ。少しふらふらするだけだ。それが果たして酒のせいなのか薬のせいなのか、はたまた風邪のせいなのかは分からないがな」

ふらふらする、今はそれだけだと軽い感じで言ってはいるがどこまで信用していいものやら。痺《しび》れ薬・睡眠薬の類だとしたらこんなところで座っている場合ではない。一刻も早く横になれるところに向かうべきではないのだろうか。

「大丈夫ですか?」

「心配するな。……あぁ、それと身体が熱くなってきたな」

おもむろに着ていた外套《がいとう》を脱いで、夜風に晒されたリンジーの肩にそっとかけてくれた。

そのさり気ない優しさに、リンジーの身体も熱くなってくる。こういうところは本当に紳士だ。ユーリを追いかけ回したという令嬢の気持ちも分からなくもない。恥ずかしくて声が小さくなってしまったが、『ありがとうございます』とお礼を伝えれば、笑顔を返された。

「団長、お部屋で休まれた方がいいのでは？　風邪が悪化しても何ですし」

「……そうだな。お前はどうする？」

「私は、……官舎に用事がありますので、それが済んだら帰ります」

「一人で大丈夫なのか？」

「はい。よくあることですし」

そうは言うものの、もう少しここにいたいとも思う。ユーリの心配そうな顔を見ていると、それも申し訳ない気もしてくるが。

「なら、仕事場まで、……っと」

リンジーをせめて仕事場まで送ってくれようとしてくれたのだろう。

けれども立ち上がった瞬間にふらついて、足元が覚束《おぼつか》ないのか東屋の柱に手をついた。そのまま体勢を立て直そうとするも、ふらふらとして上手く歩けないようだった。

「本当に大丈夫ですか？」

見ているだけで危なかしい様子に駆け寄り、ユーリの身体を支えると、確かに身体が異様に熱い。薬の効果が出てきてふらつきが増したのかもしれない。

仕方がない。ここでユーリを一人置いていくのは危険だ。朝までここで寝こけてしまうかもしれないし、ユーリに薬を盛ったご令嬢がここまでやってくる可能性も無きにしも非《あら》ず。

「団長、とりあえず執務室まで送ります」

この状態では家までは辿り着けないだろう。ユーリがここまで何をしに来たのかは分からないが、ここから執務室は近い。そこで一旦身体を休めてから家に帰るなり何なりした方がいいだろう。

「悪いな」

自分が送るはずだったのに逆に送られる羽目になったユーリはへにゃりと笑い、手を差し出してきた。

「……何ですか？　この手は」

「んー……？　手、引っ張っていってほしいな、と」

（この風邪っぴきの酔っ払い……！）

甘えたような口調でリンジーにおねだりする様は、今まで見たことのないユーリの一面だ。まるで子供のようなその無邪気な言葉に、リンジーの胸は痛いくらいに鼓動する。

「いい大人が何甘えているんですか」

自分の動揺を悟られないようにいつもの棘《とげ》のある言葉をユーリに投げかけたが、ユーリもユーリで笑顔で手を繋げと主張する。

惚《ほ》れた弱みというのはどこまでも忌々《いまいま》しい。結局のところ、手を繋ぐなんてことができる千載一遇のチャンスを意地を張ってどこまでも突っぱねることもできず、やけくそ気味にユーリの手を取った。

ユーリの手が熱い。

「とっとと行きますよ」

この酔っ払いは予測不可能で心臓に悪い。緊張で手汗をかいていることや、顔が赤くなっていることに気付かれる前に執務室に放り込もう。

「そのドレス、お前の趣味じゃないだろ？」

ユーリの手を引きながら歩いていると、唐突にユーリが指摘してきた。

嫌がりながら着たこの似合いもしない派手なドレスのことに触れられて、恥ずかしくなった。趣味じゃないと言ってきたということは、やはりユーリの目から見てもリンジーには似合わないということなのか。

「……よくわかりましたね」

「なんというか、お前が好むような感じじゃないからな。そういう派手な色、好きじゃないだろ？　まぁ、似合っているけど」

「本当に似合ってます？　これ、見合い相手の方が用意してくださったものなんですけど、団長の仰る通り私が好んで着るような色じゃないんで、不安だったんです。あぁ、もしかしてお得意の御世辞でした？」

『似合っている』。

ユーリに一言そう言われただけで、気持ちが舞い上がる。そんなことを言われてもどう返したらいいか分からないので、妙に口数が多くなって余計なことまで喋ってしまった。

「ふーん――……。相手が、ねぇ」

「団長？」

ユーリの声が急激に低く冷たくなり、高揚していたはずの気持ちが一気に氷点下まで下がる。先ほどまでなにごともなく話していたのに、突然の温度差に驚いて後ろを振り向くと、そこには不機嫌な顔をしたユーリがいた。

ひやりとする。

何かユーリの機嫌を損ねるようなことを言ったのだろうか。ただドレスの話をしていただけのはずなのに。

一体何がユーリの機嫌を損ねたのか分からず、下手に理由を聞くことも憚《はばか》られるような重い雰囲気。この手は離れないものの、口を開くことができずひたすら無言で執務室を目指した。

途中、ユーリがその手をぎゅっと握り締めてきた。痛いくらいに、潰れそうなくらい、強い力で。

それがリンジーのことを咎めているような気がして、涙が零れそうになるのを唇を噛んで耐えた。

ユーリと手を繋ぎながら辿り着いた執務室。

ソファーに横たわらせて一息吐いてもユーリはその口を開くことはなかった。

目は口ほどに物を言うということだろうか。ユーリの凍えるような冷めた瞳は常にリンジーの一挙手一投足を監視するように突き刺し、何かを訴えている。

いつもの温かい眼差しではない、リンジーを責めるようなそんな瞳。その下に晒されていることに徐々に耐えられなくなり、逃げるように水を持って来ることを告げて一旦は執務室を離れた。

食堂にまで赴いてコップ一杯の水と、おそらく火照った身体を冷やしたいだろうと思い、リネン室に行ってタオルも拝借する。タオルを水で濡らし、いざ執務室に戻ろうかと思えどその足取りは重い。

今、ユーリに会うのは怖い。あの瞳を見るのは泣きそうなほどに辛いのだ。

けれどもこのまま逃げることはできないだろう。

きっとユーリもこの水を待っているだろうし、何より盛られたという薬が気になる。後々体調に変化があるかもしれないことを考えると、誰かしら側にいてあげるべきだろう。それを誰かに任せられればいいのだろうが、もう夜も更けている。しかも今日は夜会に皆が駆り出されているだろうから、期待はできない。今は自分が側にいてあげるべきだ。

そうは思えど手の中で揺れる水面に映る自分の顔は、何とも情けない。

あの蓮の池に走っていって、この水面のように揺れ動く気持ちを落ち着かせたかった。


「お水、貰ってきましたよ。飲めますか？」

ユーリがそのままソファーで寝入ってしまっていることを願ったが、残念ながら執務室の扉を開けた瞬間にその期待が裏切られたことを知った。

水の入ったコップを差し出すと、無言でそれを受け取る。いまだにその固く閉ざされた口を開くつもりはないようだ。

変わらず突き刺さる冷たい視線。

一体何が気に食わなかったのだろうと、起き上がり喉を鳴らしながら水をあおるユーリの姿を見ながら考える。けれどもいくら考えても答えは謎のまま。

強いて言えば、手を引っ張っていってほしいと言われた時に棘のある言葉を使ったことくらいだろうか。いつものように照れ隠しであったたし、こんな会話は日常茶飯事だ。けれどもユーリが今酔っていることと、薬のせいで何かしら影響があるかもしれないことを考慮すると、もしかすると日頃の鬱憤《うっぷん》が爆発したのかもしれない、とネガティブな答えに辿り着いた。

もし、ユーリがリンジーのツンケンとした言葉を不快に感じていたとしたら。もし、それに怒りを感じていたとしたら。考えれば考えるだけネガティブな方向へと向かって行く。

飲み終わった空《から》のコップを受け取ってサイドテーブルに置く。

次にこのタオルを差し出すべきだろうが、手が震えてきた。この沈黙には耐えられない。ユーリの目の前で涙が零れ落ちそうになる。

どうするべきなのだろう。思わず俯《うつむ》いて逡巡《しゅんじゅん》する。

「それ、濡れタオルか？」

ようやくここにきて口を開いたユーリに顔を上げると、手に持っているタオルをじっと見ている。

「あ、はい。もし身体を冷やしたいのなら、お使いになられるかと」

ハッとして慌ててタオルを差し出す。

やっと口を利いてくれたことに安堵しながら、ユーリの目の前にタオルを持っていくも、今度は横たわってリンジーの顔をじぃっと見つめたまま受け取ってくれない。一度解けたはずの緊張が、じわじわとまた蘇《よみがえ》ってくる。

胸が苦しい。呼吸が上手くできない。どうして今日のユーリはこんなにも責めるように見てくるのか。いつものように優しく微笑んでくれないのか。

一度差し出した手を引っ込めることもできずに、お互いに見つめ合ったまま固まってしまった。

どのくらいそうしていただろうか。

気の遠くなるような緊張感を味わっていたリンジーの手が唐突にユーリによって掴まれた。思わぬ手の熱さにビクリと肩が飛び跳ねた。

「お前が、拭いてくれ」

ごくりと喉を鳴らす。

ユーリに言われたことの意味を理解し、かぁっと顔が赤くなったのが分かった。

こんなのユーリらしくない。今までリンジーに甘えた態度を見せたことはなかった。

いや、甘えるのはいい。ユーリの違う一面を見られたことは嬉しいものだ。

けれども、何故そんな怖い顔で言ってくるのだろう。ただ甘えてくるだけなのであれば、先ほどのように憎まれ口を叩きながらもお世話をするのに、そんな顔をされてはどうしていいか分からなくなる。

ユーリのらしくない行動に戸惑っていると、今度は催促するようにタオルを持ったリンジーの手を頬に導いてきた。つまりはどうあってもリンジーに拭いてもらうつもりらしい。ならばユーリの望むように身体を拭いてやって、この耐えがたい空気から一刻も早く逃げ出してしまおう。

そう決めると、手が震えるもののゆっくりと手を動かし始める。リンジーが拭き始めたのを確認すると、ユーリは掴んでいた手を放してその身を委ねた。

頬、額をある程度拭くと、次に首筋へと移る。

「襟、緩めますね」

騎士団の礼服は詰襟で、見ているだけでも暑苦しそうだ。きっと拭いてあげたらすっきりして気持ちいいだろう。ドキドキとしながら一番上のフックを外し、隠し釦《ボタン》を外していく。

男の人の服を脱がせるなんて何て破廉恥なことをしているのだろう。男性とこういうことをしたことのないリンジーにとっては、未知の領域だ。

鎖骨が見えるところまで釦を外すと、動揺する気持ちを押し殺して再びタオルを押しあてた。

どこまで拭けばいいのだろう。

どこでユーリは赦してくれるのか。

初めての触れ合いは、甘い拷問のようにこの心も身体も優しく苛む。


「お前は、こうやって甲斐甲斐しく看病するんだな」

ユーリの喉仏が動く。手に伝わる振動と共に、低く硬い声が部屋に響いた。

「わざわざ水を持ってきて、丁寧に身体を拭いてくれる。どんなお願いも聞いてくれるんだろうな。……これからお前の夫になる男に、優しく、愛情深く」

ちりりと、首の後ろが灼《や》けつく。タオルで触れている手の先からゾワリとしたものが伝わってきて、首の後ろに感じた熱と共に心臓を襲った。

思わずユーリの身体から手を退けようとし、すんでのところで再びユーリにその手を囚われる。枷のように手首に巻きついたそれは、肉に食い込むほどの力を持ってリンジーを放しはしない。

「少し、……いや、かなり妬けるな」

「……っ！」

この手にユーリの頬が触れ、そして頬擦りをされる。そして何度か頬擦りを繰り返すと、見せつけるように手の甲に口づけた。

「だ、んちょ……」

ユーリは一体何をしているのだろう。何をとち狂ってしまったのだろう。こんな恋人にするように触れ、妬けるなどと世迷言《よまいごと》を言うなど。

掴まれたこの手の意味が、このリンジーの内に秘めた欲を引き摺《ず》りだすような瞳の意味が……。沸き上がった頭で考えるだけでも混乱する。酒や薬と風邪のせいだと分かっているものの、リンジーの知るユーリは女たらしではあるが理性はいつでも保てる男だったはずだ。こんな仕事仲間に熱を孕《はら》んで触れるような人ではないと、らしくない言動に戸惑う。

仕事仲間としての境界線がこの触れている手の熱でドロドロに溶けて、消えて行くような気がして怖くなった。

「この真紅のドレス……、もう自分のものだと主張するようにこれ見よがしに着せやがって。むかつく野郎だな。綺麗なのが更にむかつく」

「ドレス……？」

先ほどから何故かドレスにこだわる。似合っていると言ってくれていたはずなのに、不快さを露わにして文句を言ってくるのはどうしてなのか。

もうユーリがどうしたいのか分からない。

「ああ、そうか。お前があいつと結婚すれば、こうやってあいつの色に染められていくわけだ。……あいつ好みのドレスや宝石を誂えられて、綺麗に着飾って。あいつの思うがままに変えられていくわけだ」

あんなに安心できたユーリの笑みが、今は嘲りに似たものになっていて不安しか感じられないなんて。ユーリが全く違う人に見えてしまう。

リンジーを責めるように見つめるこの人は、いったい誰なのだろう。

「……団長、そろそろ手を離してください」

このまま逃げずにいたら、良くない気がする。この手を振りほどいてこの部屋を出るべきだと女の本能が告げていた。

けれどもその手が解けるどころか、その掴む力が増すだけだった。

とにかく今のユーリは正気じゃないのだ。

酒と薬と風邪がどこまで彼の理性を削り取っているのか分からない。こちらが冷静に振る舞わなければ、ユーリに引き摺られて行くだけだ。

今は一刻も早く冷静になろうと唾を飲み込み、浅く呼吸をする。ひとつ息が自分の中から抜けて行く度に、正常な思考が戻ってきているようだ。

ある程度落ち着きを取り戻した後、今度はリンジーの手を掴むユーリの手をもう片方の空いた手で押さえながら、目を見据えて言う。

「団長、離してください」

今度ははっきりと、強い意志を持った声で。

これ以上はもう踏み込んではいけない領域のギリギリのところまで来てしまっている今、突っぱねなければいけない。

よく聞く『酔った勢いで』とか『そのまま盛りあがって』とか、後悔するようなことをしたくはないのだ。その相手がユーリなのであれば尚のこと。

ユーリが虜にし付き合ってきた数多の女性達とこの恋心は同じであれども、立ち位置は別だ。リンジーは決してあちら側ではない。そっち側には行きたくない。行ってしまったら最後、元の仕事仲間ではなくなってしまう。

元気のないリンジーを慰めるユーリの大きな手も、憎まれ口を叩かれながらも笑う優しい顔も、仕事の時の真剣な声も失くしてしまうなんて。

だってそれは、あちら側の女性の誰もが知ることのない、リンジーだけのものだったから。

「…ウォルスノー」

手に当たるユーリの吐息が熱い。

いつも呼ばれている名前なのに、そんなに熱っぽく呼ばれると自分の名前が特別なものに聞こえるから嫌だ。

「団長、お願い……、ひゃ、あっ！」

リンジーの懇願を撥ねつけるようにユーリが手に噛みついてきた。歯と歯の間から舌を出し噛み痕に舌を這わせる。

ゾワゾワとした感覚が腕を突き抜け、この口から悲鳴を上げさせた。

それがいけなかったらしい。

その悲鳴を聞いたユーリの目に明らかな欲の焔《ほのお》が揺らめき、見る間にそれを滾《たぎ》らせた。

「リンジー」

「……っ！」

重ねた手に更に重ねられる、大きな手。解かれ、指と指の間にその武骨な指が滑り込む。ギュッと握りこまれ、とうとう両の手を捕らえられた。

ファーストネームを呼ばれた衝撃が、更にリンジーの身体を雁字搦《がんじがら》めにしてしまう。

もうここが限界なのかもしれない。

けれども、身体が動かない。


「俺と一緒に、……堕ちてみるか？」

逃げなきゃ。

ユーリから逃げなきゃ。


この先の言葉をユーリが言ってしまう前に。

この耳に聞こえてしまう前に。

「あのお前の見合い相手に全部やっちまう前に、俺がお前の何もかもを奪ってやろうか」

この曖昧になってしまった境界が、完全に溶けきってしまう、その前に。


「……なぁ、リンジー」

逃げるというのは、人間の防衛本能だ。リンジーがそうしたのも、それが多分に働いたからだろう。

無理に引き剥がした手に感じる熱の残滓《ざんし》。それを振り払うように翻《ひるがえ》した身体は、真っ直ぐに出口である執務室の扉へと向かう。

そんなに大きな部屋ではないのに、扉までが遠い。

着なれないドレスの裾《すそ》に躓《つまず》きそうになりながらも必死の思いで扉に辿り着き、ドアノブに手をかけて扉を開けようとしたところで、後ろから伸びてきた手でそれを阻まれた。

その手が扉を再び閉めて、強い力で押してくる。これではノブをいくら引いても、リンジーの力では扉を開けることができない。

それ以上に、リンジーを逃がしてくれなさそうなのが再び掴まれた手の方だ。その力は先ほどの比にならないほどに強い。

ユーリの腕はまるで檻のようだ。

今逃げることは赦されないのだと、見せつけるように。


「止めてください、団長」

声が震えていた。

掴まれている手首が痺れるほどに痛くて、涙が滲《にじ》み出てくる。

「……リンジー、俺に盛られた薬、何だと思う？」

いつもは下ろしている髪が今日は結いあげているために露《あら》わになっていたうなじに、ユーリの唇が落ちる。チュ、チュ、というリップ音を立てて何度も何度も。

抗いがたい感覚が背中を伝い下りてきて、声が漏れそうになる。手の甲で口を塞ぐも、鼻から甘い音が抜き出てしまうのを止めることができない。

「媚薬だ」

「やっ……！」

「今、俺の身体に媚薬が盛られている」

舌でベロリと舐められた。耐えていた声が、堪《たま》らず出てしまう。

「やばいな、これ。お前に触れたくて堪んねぇよ。……頭おかしくなりそう」

媚薬が性欲を増長させている上に、ユーリ自身も止めたくないと熱い吐息をリンジーのうなじに吹きかける。それはまるで、ユーリがリンジーに触れることを本心で望んでいるかのようで。

その切ないほどに響く声に、心が震える。

「お前を抱きたい」

「……団長」

「お前を俺のものにしたい」

「ダメです。……ダメ、ですよ」

胸が熱い。

熱が喉の奥底から迫り上がって、頭を支配する。熱に浮かされる。

ユーリの言葉は薬に言わされているんだ。酒で正常な判断を鈍らせているんだ。まともに受け取ってはいけないのに、それでもユーリの声で言われてしまうと理性よりも歓喜が勝ってしまう。

口にする拒絶の言葉が弱々しくなってしまうのは、それが本心からではないからだ。僅《わず》かに残っている理性がかろうじて言わせているだけのこと。

「リンジー……」

「んっ、……ぁ」

震える身体を宥《なだ》めるようにまた口づけを落とし、それがだんだんと背中へと下がっていく。

口づけを落とす度に、『リンジー』と切なげに呼ぶユーリの声。扉を押さえつけていたはずの手が、いつの間にか胸に置かれていた。

胸ぐりが大きく開いているためにどうしても見えてしまう谷間。そこに指を潜り込ませ、柔らかな膨らみを弄ぶ。その感触を楽しむように、またリンジーの官能を引き出すかのように。その指も落とされる唇も、優しくて熱い。

怖いのに、この先の未知の行為が震えるほど怖いのに、ユーリの優しさに絆《ほだ》されそうになる。その優しさが今は泣きたくなるほど辛い。

「団長、止めてください。団長、後生ですから……、お願いです」

「大丈夫だ。怖いことなんかなにもない」

声も優しい。本当にユーリは優しくしてくれるんだろう。リンジーが傷つかないように怖がらないようにしてくれると思う。何せ彼は紳士だ。

だからこそ、今ここで抱かれるわけにはいかない。

きっと正気に戻ったユーリはこのことを後悔する。自分を責めて償いをすると言ってくるのが簡単に予測できる。

けれどもそんなユーリを見たくはないのだ。その後に気まずい雰囲気になり、今の関係が壊れてしまうことも考えるとこの先には進みたくはない。

「……だ、だめ」

震える唇で、最後の足掻《あが》きとばかりに後ろを振り向きながら弱々しくそれを否定してみせる。

けれどもユーリは無情にもしゅるりと背中にあるドレスの紐を歯で解いてしまう。否定することは赦さないとでもいうかのように、見せつけるように強引に。手で解かれるよりもそれは淫靡《いんび》で、その様子を見ていたリンジーは顔が赤くなった。

ユーリの歯でどんどんと解かれていくドレスの紐。緩んでコルセットが露わになった。

このドレスを着る時に身体が千切れるほどに絞られたコルセットは、リンジーにとっては今は砦だ。これがなくなってしまったら、あとはなし崩しにこの身を委ねてしまうかもしれない。

あんなにきつく縛ってあるのだから大丈夫。簡単に解けはしない。

けれども、数多の女性のドレスの紐を解いてきたユーリのことだ、こんなものはいとも容易いのかもしれない。そう思うと心許なくなり、口を覆っていた手で胸を弄ぶユーリの手を押さえた。

止めようとした手は逆に握り込まれ、更にユーリに囚われる結果になる。両手をユーリに掴まれ身動きができずに、リンジーはただ自分の身体がユーリによって暴かれていくのを見ていることしかできなかった。

そうこうしているうちに、とうとうコルセットの紐が緩められてしまう。フッと締めつけがなくなって息継ぎが軽くなり、唯一の頼みだった砦《とりで》すらもユーリによって壊されたのだと知る。

ああ、今から本当にこの人に抱かれてしまうのだ。その実感がリンジーの中でじわじわと湧き起こる。その手に触れてもらうことを願いはすれど、実現するとは思いもしなかった。抱かれるなど、一人の女としてユーリの目の前に素肌を晒すなど、あり得ない話だと諦めていたのだ。

けれども解かれてしまった縛めは、一気にリンジーの欲をも解放してしまった。

——好きだ。この人が好きだ。

こうやってユーリが自分を求めてくれていることが、涙が出るほどに嬉しい。ひた隠しにしてきた自分の女としての部分を全てこの人に捧げられるのであれば、これほど幸せなことなどない。

——抱かれたい、ユーリに。

自分が女になるのだとしたら、やはり彼の手で変えてもらいたい。一度しかない痛み、一度しかない破瓜の喜び、女になった瞬間の喜び。それら全てをユーリで感じたい。彼じゃなきゃ嫌だ。

「だん、ちょお……」

甘えるように誘うように紡いだその声は、甘美な音色だった。

ユーリはかき抱《いだ》くようにリンジーを抱き締めると、身体を弄るその手は性急になる。息が荒く、もう我慢が利かない様子だ。

リンジーの快感を引き出すように引っ張られ、指で捏《こ》ねられる胸の頂。ズクンとした衝撃が下腹部へと下りてくる。

快感に慣れていないリンジーがその感覚が怖くて身を震わすと、宥めるように首筋にまた口づけを落とす。ダイレクトに当たる吐息は、敏感になった肌には毒だ。

「はぁ、あぁ……」

「大丈夫、……大丈夫だ」

優しい声。優しい指。優しい口づけ。リンジーを気遣い、できるだけ緊張させまいとしている。それに応えたい。けれどもこの身体は言うことを聞いてはくれず、がちがちに固まったままだ。

暴かれていく自分の素肌。それが晒されていることを思うと恥ずかしさで死んでしまいそうになる。

ユーリは女の肌など腐るほど見ているのだろう。比べるなんて失礼なことを紳士な彼はしないだろうが、それでも気にしてしまう。がっかりされたらどうしよう。手触りが悪いとか思われたらどうしよう。

「ん……っ、ひ、あ……」

漏れ出る嬌声に引いたりしないか、煩いと思われないか。何をどこをとっても心配は尽きない。怖くなって口を手で塞ぐ。

「声、我慢するなよ。辛いだけだ」

外耳にキスを落とし、舐《ねぶ》りながら囁《ささや》く。

「お前のその可愛い声、ちゃんと聞かせろ」

冗談じゃない。こんなはしたないものをユーリに聞かせるなど、顔から火が出る。それに『可愛い声』？　お世辞にしても褒め過ぎだ。自分には過ぎた言葉だ。

首を振って拒絶すると、ユーリは今度はスカートに手を入れて太腿を撫で上げてきた。するすると道順を辿るように太腿から内腿へ、そして誰も触れたことのない秘所へと行き着く。下着の上から秘裂を数回撫でると、下着を指で押し退けてゆっくりと入ってきた。

「まっ、て、……ぁ、あっ、ひぅ！」

快感を得て、しとどに潤いを帯びてきたそこが、ユーリのあの武骨で長い指で弄ばれている。

ユーリが机に向かって事務仕事をしている時、訓練で剣を握る時。あの指がいつでもリンジーを魅了していた。あの指で触れられたらと思うだけで、悩ましい疼きが襲ってきていたというのに。

だが実際その指で触れられると、その巧みな指技に翻弄され、疼《うず》きどころか痺れとなってリンジーの全てを支配する。

「ほら、ちゃんと声を聞かせろ」

「やっ！　だめ、だめぇ……」

「聞かせるんだ、リンジー」

挿し入れた中指の動きを激しくし、人差し指で陰核を弾く。

「あぁ……、そんなに、しちゃ、あぁっ！」

「いい子だ。そうやってちゃんと声を出せ」

はしたない水音がリンジーを辱め、やめてという懇願はユーリの指によって打ち消された。

こんな声が廊下に漏れ出ていたらという危惧はユーリにはないのだろうか。

執務室の扉は重厚だとはいえ、職場で淫らな行為に耽《ふけ》るなど。もしこれが露見した時、お互いが処分を受けることは間違いないだろう。

それを気にせずことを進めてしまうのは、酒と薬のなせる業なのか。

「……ふ、ぁ、……んぅっ！」

指が更に増えた。隘路《あいろ》の壁を優しく撫でつけ、未踏の地を抉じ開ける。

ピリリとする痛みと共にリンジーの中を突きあげる異物感。その中にだんだんと快感が混じり合っていくのが分かり、その感覚に無意識にユーリの指を締めつけて、押し出そうと中の襞が蠢《うごめ》く。

「美味しそうに俺の指を咥えている。気持ちよくなってきたか？」

気持ちよくなど、ユーリが触れればすぐになってしまうというのに。

快楽と多幸感。

この指がそれらを与えてくれる。


長い、長い時間をかけて丁寧に解された秘所。もう抵抗がないくらいに容易く指を呑み込むまでになった。

もう頃合いと見たのだろう。カチャカチャとベルトが解かれる音がした後、ドレスのスカートの裾を捲《まく》し上げ、下着をずり下ろす。

スカートの中で熱が籠っていたのか、素肌が外気に晒された時、酷く空気が冷たく感じた。これからこの身に起こることを考えると、緊張して悩ましい吐息が漏れる。

本当の意味で女になると思うと、不安と恐怖がそこはかとなく湧き出た。

「だ、団長……。後ろからは……、顔が、見たい。見たいです」

後ろから貫かれるのは怖い。その瞬間をユーリの顔を見ながら感じたい。

縋《すが》るようにユーリに懇願の眼差しを送ると、彼は優しく微笑んで肩口にキスを落とした後、リンジーを抱き上げた。所謂《いわゆる》お姫様抱っこで。逞《たくま》しい腕に抱えられ、ソファーへと運ばれる。

ゆっくりとソファーへと横たえられ、今度は額にキスが落とされる。

割《こわ》れものを扱うように丁寧に。まるでお姫様にでもするかのように恭《うやうや》しくリンジーの服が脱がされていく。

ドレスにコルセット、下着にガーターベルトにソックス、アクセサリーまでもが外され生まれたままの姿にされた。サイジルの趣味で着飾られたその全てを剥ぎ取り、新たにマーキングをするように飽きることなく口づけを全身に落とす。所々赤い花が咲き、それがユーリの独占欲の証のようにも思えた。

足の指先まで口で愛撫されると、ユーリのその手によって足を割り開かれ、その間にユーリの身体が入り込む。

「リンジー」

切なそうに名を呼び、リンジーを愛おしそうに見つめる。

そしてそっと唇に口づけを落とした。

初めてのキス。

あんなに全身くまなく口づけられたというのに、唇と唇を合わせるキスは格別だ。今までのどんな愛撫よりも気持ちよく、そして幸せを感じた。

薄く開けられた唇の中に潜り込む肉厚の舌。遠慮なく口内を弄り、歯列を舐めてリンジーの舌を絡《から》め取る。

息と息、唾液と唾液の交換と言っていいほどにお互いの口を密着させ、その境が分からなくなるほどに口づける。

酸欠なのか、口内で感じているのか、頭がぼぅっとしてふわふわ浮いているような感覚がする。意識が何処かへ行ってしまうような感覚が怖くて、リンジーの手を握るユーリの手を強く握り返す。

「んぁ……」

キスとキスの合間に空気を求めて声が漏れ出る。

それを合図にするかのように、ユーリの屹立がリンジーの中に入ってきた。

「あぁっ！」

指とは全く違う存在感。ユーリによってグズグズに解されたはずのそこは、上手くその屹立を受け入れられずにその挿入に痛みを伴う。

これが破瓜の痛み。奥の奥まで次第に抉られる痛みに、思わず顔を顰めて涙が滲み出た。想像よりもずっと痛い。

ゆっくりゆっくりと丁寧に胎《なか》に入り込りこんでくる。急かすことなく、根気強く。今までの自分の一つ一つがユーリによって壊され、そして新たにつくり替えられていくようなそんな感じがして怖くなった。

その間に何度もユーリはリンジーを気遣い、『大丈夫か？』『もう少しだ』と優しい言葉をかけてくれる。ユーリもその狭さがきついのだろう。眉根を寄せて苦しそうにしていた。

痛みは辛い、怖い。

けれどもこの幸福感には敵わない。

この痛みが教えてくれるのだ。自分が女になったこと、ユーリに抱かれているという事実を実感させてくれる。

それがようやくユーリの屹立を根元まで呑み込んだ時に一番強く感じて、目尻に溜まっていた涙が零れ落ちた。


「よく頑張ったな。いい子だ」

子供を褒めるように頭を撫でるユーリの大きな手。あのいつもの大きくて温かな手だ。

少し粗野な言動を見せていたユーリを怖いと思っていたけれど、やはり本質は変わらない。それがどんな時であっても。


そんな彼に心もそして純潔も奪われた。

もう何もかもをユーリに差し出してしまったような気になる。


嬉しい。

嬉しい。

……嬉しくて、幸せ過ぎる。

もっとそれを感じたくて貪欲にそれを求める。行き場がない手をユーリの首に回し、ぎゅっと抱きしめた。

「ふぁ、あ、あ……っ」

「可愛いな、お前。……可愛い」

蕩ける。頭も身体も。熱に侵されて何も考えられない。

ゆるゆると与えられた律動は、だんだんとその速度を増していく。それに比例するかのように痛みの中にくっきりとした快感が生まれ、悲鳴ではない快感からの喘《あえ》ぎ声が混ざり始めた。

「だんちょ、だんちょぉ」

うわ言のように繰り返しユーリを呼ぶ。

心も身体も切なくて溺れそうなのを、必死で呼ぶことで耐えていた。気を抜けばすぐに快楽の波に呑み込まれそうだ。

「名前を呼べ」

「ん、ふぅ……」

「俺の名前だ、リンジー」

名前を呼べと言われて、滾った頭で考える。

「だ、ダンクレスト、様」

「違う」

「きゃぁっ」

どうやらそれでは不正解らしい。

正解を出せなかったことを咎《とが》めるように、ユーリがリンジーの中を深く抉《えぐ》り揺さぶる。

拗《す》ねたような顔をしたユーリが再度名前を呼ぶことを強請《ねだ》ってきた。

ダンクレストが違うのであれば、あとは……

「……ユーリ、様？」

自分なんかがユーリのファーストネームを呼ぶなど恐れ多い。けれども、もう許容量限界以上の快楽を与えられては頭が壊れるような気がして、必死で正解を探して行きついた先がそれだった。

「リンジー」

今回は正解だったようで、蕩《とろ》けるような顔をして名前を呼び返してきた。

あぁ、自分は許されたのだと嬉しくなった。名前を呼んでも許されるくらいにユーリに近い存在になれたのだと。

感極まって顔を綻《ほころ》ばせると、ユーリは苦しそうに呻《うめ》いてまた激しく動き出した。

「あぁ、クソ。可愛い」

「ゆぅ、り、さまぁ……」

「お前、そんな可愛い顔を他の男に見せようとしてたのかよ。あぁ？　結婚したらあの今日一緒にいた男にも見せんのか？」

「……ぁ、ち、ちがっ」

「あぁ、そうだよな？　お前は俺のものになったんだ。んなこと絶対に許さねぇよ」

閨《ねや》の中の睦言でもいい。酒や媚薬の勢いであっても、もういい。

今この時は、この時だけはこの男は自分のものだ。誰のものでもない、リンジーだけのもの。それが刹那《せつな》の幸福であったとしても。

今までユーリとの仕事上での良好な関係を壊したくないという恐怖とか、ユーリに陥落した女達と同じになりたくないというプライドとか、意固地になって拘っていたものが全て吹っ飛ぶくらいに幸せだ。

この過ぎた快楽で頭がおかしくなっても、それがこの幸せの後遺症なのであれば上等。

肌と肌が合わさる温もりや心地よさ。

お互いの口が重なり、離れ難くなる。

ユーリも同じく思ってくれているのだろうか。

離さないとばかりに枷《かせ》のようにリンジーの左の手首を掴むユーリの手は、抱かれている最初から最後まで終《つい》ぞ離されることはなかった。

互いに絶頂を迎え、二人の荒い息が執務室の中に木霊する。

胎内からユーリの屹立が抜かれ、中からどろりとしたものが滴《したた》り落ちてきた。白濁の液の中に朱が混じり、内腿を汚していく。

ソファー脇のサイドテーブルに置かれていた濡れタオルに手を伸ばし、ユーリがリンジーの汚れを、そして己の汚れを拭っていく様を腑《ふぬ》抜けた顔でぼーっと見ていた。

こういう後始末も手際がいい。それだけ場数を踏んでいるということなんだろう。

クローゼットから毛布を取り出し、ソファーに横たわるリンジーにそっとかけると、ユーリもその脇に潜り込み頭の下に腕を差し込み抱き込んできた。

「少し眠れ。後で家まで送っていく」

さすがのユーリも疲れたのだろう。事後特有の気だるさも手伝って気が抜けたような顔をしている。仕事中では決して見せないそのリラックスした表情は新鮮で、その顔が目の前にあるにもかかわらずまじまじと見てしまう。トロンと蕩けたような瞳。それがだんだんと閉じられていく。完全に閉じられた時、規則的な寝息が聞こえてきた。

ユーリの寝顔。これもレアものだ。見ることができた女は果たしてどのくらいいたのだろう。優越感で顔がニヤけてしまう。

寝息が前髪にかかってくすぐったい。

この身体に巻きつく逞しい腕が、安心をくれる。

この腕の中、身を委ねて寝てしまおうかと思いはしたが、もし二人で寝過ごした場合に朝になって出勤してきたレグルスやマリアベルに発見されてしまうのはまずい。初めての情事で心身ともに疲弊《ひへい》しているし、ユーリにしても酒と薬が入っているから眠りが深い可能性もある。もう眠ってしまっているユーリはそのままに、このまま帰ってしまった方がリスクが少ない。

そっとユーリを起こさないように起き上がってソファーから下りると、床に散らばったドレスや下着、アクセサリー類を拾い集めて身につける。

コルセットやドレスは後ろの編み上げの紐を結ぶことができないので、どうしても緩めたままで帰るしかない。どうしようかと思案した結果。同じく床に落ちていたユーリの外套が目に入り、それを一時拝借することにした。

はだけたドレスを隠すように外套の前をしっかりと留めて着ると、ユーリの匂いに包まれる。さっきまでユーリ本人に抱かれていたはずなのに、大きくてすっぽりと身体を覆う外套に包まれているだけで本人にまた抱かれているような錯覚を覚えた。

「団長、お借りしますね」

眠っているユーリに一応報告。後で再度報告すれば大丈夫だろう。

ついでにサイドテーブルに置かれていた残滓《ざんし》に汚れた濡れタオルは回収しておいた。家で処分しておけば問題はない。

あどけないその寝顔を少しの間堪能して、顔にかかった髪の毛を起こさないように手で除けてあげて、そしてそんな些細《ささい》なことに最上の幸せを感じて。

名残惜しい気持ちを残しながら、リンジーは静かに執務室を後にした。

第三話

幸せな気だるさだ。

ベッドの上で横たわり、自分の身体の変化に少し感慨深くなる。下腹部の鈍痛も、謂《い》わば幸せの証なのだろう。お腹を摩《す》りながら昨夜のできごとを反芻《はんすう》しては顔を赤らめた。嬉しさと恥ずかしさが混在し、妙な感覚に身悶《みもだ》えてしまう。

だが、現実はこれから仕事だ。

こんな挙動不審な状態で仕事に行くわけにはいかずに、鏡の前で何度か顔を引き締める練習をした。これをしたのは実に久しぶりのことだ。前回もユーリへの気持ちが顔に出ないように鏡で練習したことを思い出す。上手くいくまで前回は十日間以上かかったが、今回は如何ほどにかかるものなのか予測できない。

今日は時間がないので、とりあえずというところまで止めて再度鏡の中の自分を見つめると、とんでもないことに気がついた。

「これって……」

鏡が小さくて見えなかったが、鎖骨から首筋、おそらくうなじにまで広がっているであろう口づけの痕が無数に広がっていた。見るのは初めてのことだが、目の当たりにすると生々しい。他人が見たら何をしたのか一発で分かる。

情熱的だ。

その口づけの痕の数が、昨日のユーリの滾るような情熱を指し示しているように見えた。これでは鏡を見る度に顔が崩れてしまうではないか。

とりあえず首にストールを巻きつけ、赤く染まる顔を隠すようにストールに埋めて出勤した。


困ったことに、今日は一昨日再提出をお願いした調整後の費用一覧表を取りに行かなければならない。できることならば数日顔を合わせない期間を設け、その間に顔の練習ができればよかったのだが。けれども私情で約束を違《たが》えることはできずに、仕方なしに午前の早い時間にユーリの執務室に向かうことにした。もちろん極限に高められた緊張を伴って。


ここまで来るのに乱れ狂う鼓動と顔の赤面を正すのに苦労したが、実際執務室に入ると中にはマリアベルしかいなかった。今日は朝からユーリもレグルスも会議らしく、まだ戻ってこないらしい。安心したようながっかりしたような妙な気分だ。

「どうしますぅ？　ここで待ってますかぁ？　もしよかったら私とお話ししながら仲を深めましょうよぅ」

マリアベルに言われて少し考える。

彼女と仕事抜きで仲を深めるのはやぶさかではない。むしろ大歓迎だ。けれども今は仕事中。その仕事もこれだけではなくやることは職場の机の上に山積みになっている。

「お誘いは大変嬉しいのですが、残念ながら仕事がまだありますので出直します」

「そうですかぁ……」

眉をハの字にし落ち込むマリアベルの姿を見て、断ったことに罪悪感を持つ。

「今度また、誘っていただいてもよろしいですか？　できれば、仕事がない時にでも」

「はぁい！」

パッと花が咲くような笑顔というのはまさにこれだ。リンジーの一言でコロコロと表情を変えるマリアベルに、情を持つことは当然のことだった。

「そういえばぁ、リンジーさん風邪ひきましたぁ？」

「え？」

「ストール巻いてますからぁ。団長もここ最近風邪で調子悪そうでしたねぇ。もしかして団長の風邪、うつりましたぁ？」

心拍数があり得ないほどに跳ね上がる。一気に緊張で身体が熱くなって背中に汗をかいた。落ち着け。マリアベルは純粋に思ったことを口にしただけだ。何も含むものはないはず。けれども視界の端にソファーが映る度に邪推してしまう。昨日の情事がばれていないか。自分の言動から疚《やま》しさが漏れ出ていないか。

「いえ。今朝寒かったですから。昨夜も肌寒かったですし」

ここに立って平静を保つだけで精一杯なのだ。気を抜けばすぐにこの仮面は崩れる。

「昨日リンジーさんお休みでしたよねぇ？　外に出ていたんですかぁ？」

「はい。昨日は……、夜会に同伴しまして」

「同伴？　どなたとですぅ？」

「あの、……お見合いした方と」

「あぁ、なるほどぉ」

そこまで言って、マリアベルがフフフと微笑む。こちらを窺うようにして見ると、またニヤニヤとし始めた。

「もしかしてぇ、昨夜はそのお見合い相手の方とお楽しみでしたぁ？」

「え？」

「ストールの下にはぁ、そのお楽しみの跡があったりしてぇ」

叫びだしそうになった。

何故ストールとあの会話だけでそこまで真実に近い推測ができるのか。これが巷で噂の女の勘というやつなのかもしれない。噂通り怖い。

こういう時の正しい受け答えが分からず、内心オロオロしていると不意に廊下から大きな話し声が聞こえてきた。

「だからぁ！　あんなところで寝てるからっすよ！　明らかにそれが原因で悪化したに決まってますよ！」

見るまでもない、この声はレグルスだ。そうなると一緒に会議に出ていたはずのユーリも一緒なのだろう。

マリアベルに疑われているこの場にユーリが来る。何ていうタイミングの悪さだ。この状況でどうマリアベルに答えればいいのか。

「あぁ、あぁ、お前の言うとおりだよ。俺の不摂生が祟った結果だ」

口喧しくユーリに食ってかかるレグルスにうんざりとした様子で執務室の扉を開けたユーリの姿を見て、いよいよ窮地に立たされたと焦った。


「あ！　お帰りなさぁい」

「ただいま、マリアベルちゃぁん！　……と、何でお前がここにいる、冷徹女」

マリアベルを見て歓喜し、次にはリンジーを見て落胆。相も変わらず忙しいが今はそんなレグルスには感謝だ。これでいつものように話が逸れるかもしれないと一筋の光を見出した。

「またマリアベルちゃんを虐めに来やがったか、冷徹女」

「何度言っても理解できない人ですね。仕事をしにきているんですよ、私は」

私は親の仇《かたき》か何かか？　と問いたくなるような敵愾心《てきがいしん》をレグルスに送られてリンジーはついつい顔を顰める。これを煽るのは面倒ではあるが、話を逸らすのには格好の話題だった。レグルスには悪いが、リンジーはそれを利用しようと更に煽ろうとした。

だが、口を開こうとした途端に、ユーリが二人の間に入ってきてそれ以上口喧嘩が過熱するのを止めてくる。リンジーの目の前に立ち、レグルスの姿を遮《さえぎ》るような形で。

「ウォルスノー女史、資料を取りに来たんだろ？」

「あ、はい」

数時間ぶりに見るユーリの姿。見下ろすその姿に不覚にも顔に熱が灯りそうになる。

こちらはこんなにも内心あたふたしているのに、彼は至って普通だ。何ら不自然なところがなく、こちらを見つめるその灰色の瞳が揺れる様子もない。これが熟練者の余裕というものなのだろうか。何だか自分一人が焦っているのが癪だ。

「ちゃんとできてます？　どうやら風邪が悪化したようですが」

ちょっとした意趣返しのつもりでいつものようにツンケンとした態度を取って見せる。いつどうしてユーリの風邪が悪化したかなど知っているが、少し意地悪をしたくなった。これで少しは焦ったような態度のひとつでも見せてくれれば溜飲《りゅういん》が下がるというものだ。

「大丈夫だ。そこら辺はしっかりやっているよ」

けれども彼はこともなげに返事を返してくる。悔しい思いをしたのは結局こちらだけだった。

「団長ぉ、風邪酷くなっちゃったんですかぁ？」

「まぁな。昨夜朝まであのソファーで寝たのが悪かったらしい」

そのユーリの言葉にリンジーは『え？』と戸惑う。ソファーで寝ていたことまでマリアベルに正直に話してしまうなんて大丈夫なのだろうかと不安になった。何せマリアベルは乙女の第六感の持ち主。ちょっとした話題が命取りになってしまう。大丈夫だろうか、ばれはしないだろうかと冷や冷やとした気持ちで二人を見る。

まさかとは思うが、昨夜のできごとをケロリとした顔でこの二人に言ってしまう気ではないか。そんな馬鹿な真似はしないだろうと信じてはいるが、口を滑らせるということもありうる。そういえば、そういう口止めも一切していない。そこら辺はしっかり口裏を合わせるべきだったと、今更ながらに後悔した。

「そういえばぁ、リンジーさんも風邪っぽいんですよね？」

一旦は逸れたと思っていた話題が再びマリアベルによって戻ってきた。どうやらマリアベルはこの話題を止めるつもりはないらしい。それどころか今度はとんでもないことをユーリに吹き込んできた。

「あのストール、寒いからって言ってるんですけどぉ、私としては昨夜お見合い相手と楽しんだ痕を隠してるんじゃないかって疑っているんですよぉ」

「マ、マリアベルさん！」

何ということを本人を目の前にして言ってくれているのだ。しかも本当にこの痕をつけた相手に対して。あまりのできごとに泣きそうになりながらも、マリアベルの暴走を止めるべく身を乗り出す。

「……そう、なのか？」

だがユーリが呆けたような顔をしてリンジーに確認してくるのだから、今度こそ混乱して叫びだしそうになった。

これはユーリに合わせて恍《とぼ》ければいいのか？　それとも徹底的に恍けていけばいいのだろうか。こちらを窺うような目もそれも演技なのか。ユーリの顔からそれを探ろうとすれども全く分からない。

「……マリアベルさんが勝手に邪推しているだけですよ」

演技にしても真っ直ぐ過ぎるその顔。結局、耐えきれなくなって顔を背けた。何だろう。どことなくそれが凄く怖く感じて、リンジーはぎゅっと手を強く握った。

「マリアベルちゃぁん！　それはないない！　この女に色っぽい話が上がるわけねぇだろ」

「そんなことありませんー！　リンジーさんのこと狙っている人いるんですからぁ」

ここぞという時に茶々を入れてくるレグルスに、マリアベルはすかさず反論する。自分を狙っている人がいるなど、そんなもの初耳だ。いくらフォローとは言えどもそれは話を盛り過ぎではないだろうか。やめてほしい。ユーリを目の前に根も葉もないことを言うのは。

「昨夜、夜会に来ていたな。あれが見合い相手か？」

「ええ。でも、あの後すぐに別れましたよ。マリアベルさんが言うようなことは何一つありません」

それにしても随分とユーリが食いつく。わざとか、それとも関係ないと思わせるための布石か何かなのか。

それはずっと一緒にいたユーリが一番分かっていることだろうに。何故そんなホッとしたような顔をするのか。だんだんとユーリのその態度が怪訝《けげん》に思えて眉を顰めた。

「ほぉらなぁ！　どうせこいつも団長と同じように朝までソファーで寝ていたとかそういうもんだろ？」

「違います。勝手に決めつけないでください」

そもそもこのストールを巻いてきたのがいけなかったのか。変に話題を提供してしまって後悔する。けれども官服は襟が開いているし、髪で隠せるような慎ましいものでもなかった、この口づけの痕は。本当ならストールを剥ぎ取って見せれば済むことなのだがそれができない今、じっと嵐が過ぎ去るのを待つしかない。元凶であるはずのユーリはどこまでも恍けたような顔をするし。何故自分一人が針の筵のような心地でいなければいけないのか解せない。

「団長ぉ、風邪ひいているのになぁんでソファーで寝ちゃったんですぅ？　団長も昨日夜会に行っていたんですよねぇ？　もしかして団長こそ誰かとお楽しみでしたぁ？」

卒倒しそうだ。もういっそのこと気絶してしまいたい。

どこまでマリアベルはその恐ろしいほどまでに働く勘を発揮し、こちらを窮地に立たせるつもりなのか。心臓がバクバクと痛いくらいに高鳴っている。

「何でソファーで寝ていたかよく覚えてないんだ。昨日会場を後にしたところまでは覚えているんだがな。女を連れ込んだってことはないと思うんだ。朝、レグルスに見つかった時ちゃんと服着ていたしな」

「ほんとですかぁ？」

「お前の期待に添えなくて悪いが、何でここで寝ていたのかも覚えてない。それだけ酔っ払っていたし、体調も悪かったからな」

ユーリもこの危うい会話をどこまで続けるつもりなのだろう。ボロが出てしまう前に早々にこの会話を切り上げてもらいたいのだが、三人の様子を見るにその気配はない。

——ここにいたくない。

リンジーは本能的にそう感じとって、逃げる算段を取った。

「……あの、私まだ仕事がありますので、また改めて費用一覧を頂きに参ります」

誰とも気付かれないような小さな声で静かにフェードアウト。三人が言いあっている隙にこの魔の空間から逃げ出そう。そっと後退し後ろ手に扉に手をかける。

けれどもそうすんなりとはいかないらしい。

「待て、ウォルスノー女史」

逃げようとするリンジーを呼びとめるユーリの声が聞こえてきて、開きかけた扉から出ることができなかった。

「ちゃんとできているから持っていけ」

そう言って手招きしてくる。それに少しホッとして肩の力を抜いて、強く握り締めていた自分の手をゆっくりと開いた。

資料を貰えて帰れるのであればそれに越したことはない。またあの輪の中に戻るのは嫌だが、ユーリがデスクの方へと歩いて行くので、それに付き従ってレグルスとマリアベルの脇を通り抜けた。


「悪いな。ついつい喋りこんでしまった」

「本当ですよ。皆さんお暇そうで羨ましいです」

引き出しから出された資料を渡され、受け取りながら悪態を吐く。

本当、勘弁してほしい。ユーリには慣れたものなのだろうが、恋愛初心者のリンジーには心臓に悪い会話ばかりで気が気ではなかった。お陰でいまだにユーリの顔を真っ直ぐに見ることができないというのに。

「風邪、ひいたのか？」

「今朝寒かっただけです」

「昨日夜会の後、ちゃんと見合い相手に送ってもらったのか？」

「え？」

「昨夜も肌寒かったし、お前もあの格好じゃ寒かったろう？　それもあるんじゃないか？　馬車使って帰ったのか？」

ユーリの突然の矢継ぎ早の質問に戸惑う。

もうレグルスもマリアベルも近くにいないのに、何故そんな恍けた会話を尚も続けるのだろうか。本当に夜会の後の記憶がぷっつりと切れたかのような、そんな口ぶりで。

これが演技なのであればユーリは随分と演技派だ。

けれども今リンジーを気遣うような声と、その顔。どう見ても演技には見えないし、リンジーをからかっているようにも見えない。

「あの、団長……」

「ん？」

一つ見えた可能性。

まさか、と思いつつも、何だかその可能性が真実味を帯びてきて、ユーリの名を呼ぶものの言い淀む。

もし、それを肯定されてしまったら。

返された返事に言葉を続けることができなくて、俯いて唇を噛んだ。

「……いえ。ちゃんと昨日は帰れました」

何なんだ、何なのだ。

どこまでこの茶番に付き合わなくてはいけない。こんなのもう十分だ。

自分をからかっているんだろう。そうに違いない。

そうじゃなきゃ、こんな馬鹿げたこと……。

「それでは、再度資料を次官に渡してかけ合ってみます。ありがとうございました」

からかうにしてももう限界だ。

早くユーリの目の前から消えてしまいたい。

その一心でユーリに礼を言って、その場を辞した。

◇◇◇

ユーリは昨夜のことを覚えていないかもしれない。

その可能性に気がついた今、リンジーの心の中は荒れ狂っていた。

不安や失望、哀しさ。いろんなものがぐちゃぐちゃに渦巻いて、何をどう頭の中で整理していいのか分からない。冷静になろうと思っても、次から次へと感情がその冷静さを奪い去る。

執務室を出て自然と足はあの蓮の池へと向けられていた。

あそこが一番リンジーが冷静に物事を考えられる場所だ。あそこに辿り着けば、きっといつもの自分に戻れると思った。急かされるように足早に廊下を突き進む。

怖かった。真実に自分の心が傷つけられると思ったら堪らなく怖い。あのままユーリと話して可能性が確信になってしまったら、きっとあそこにいたのは惨《みじ》めに打ちひしがれた女だ。全てを奪われ、そして忘れられた馬鹿な女。

あちら側に行き、恋という一瞬の媚薬に酔いしれて全てを委ねるなど愚かなこと。酔いが醒《さ》めれば何もかもが霧散した空っぽな現実しか待っていないって分かっていたのに。

分かっている。どんなに強引だったろうがユーリばかりは責められないことは。最後の最後にこの身を委ねることを決めたのはリンジー自身だ。


けれども、忘れ去られるなんて……。

一欠けらの想い出も共有することができないだなんて。あまりにも残酷過ぎる。


鼻がツンと痛くなって、目元が赤く染まり始めた頃にようやく見えた東屋。心が急いてそれが足に表れ始めた。

肩で息をしながら東屋の椅子に座ると、途端に喉がひくついて嗚咽が漏れそうになる。

駄目だ、まだここで泣くわけにはいかない。まだ仕事はあるし、城内で泣いているところを見られたらようやく鳴りを潜めた女性蔑視の言葉が再燃してしまうかもしれないのに。泣くとしたら家に帰ってからだ。

自分に何度も言い聞かせ、俯いて唇を噛んで涙が零れないようにじっと耐えた。

涙を我慢するのは得意だ。仕事をするようになってからは尚のこと。

けれども、今回ばかりはどこまで耐えられるか自信がなかった。こんなに打ちのめされた気持ちになったのは生まれて初めてのことで、自分の頭が感情についていけていない。

驟雨《しゅうう》のように押し寄せる感情が、堪《こら》え切れない涙をひとつ流そうとしていた。

「ウォルスノー？」

やっと涙の波が落ち着いた時、聞こえてきたまさかのユーリの声。

『ひっ！』と悲鳴を上げそうになった。

何というタイミングの悪さだ。何故毎回後を追いかけてくる。

咄嗟《とっさ》に東屋の隅っこに移動して、見つからないように身を小さくした。こんな顔をユーリに見せられるわけがない。

何処かに行って！　見つけないで！　と心の中で願いならユーリが過ぎ去るのを待つが、そこは騎士団の団長をしているユーリが見逃すわけがなかった。目敏《めざと》く見つけて座り込むリンジーのすぐ後ろまでやってきた。カツンとユーリの履くブーツがいい音を立てる。

「どうした？」

優しく労るような声。あの時と同じだ。最初にここで声をかけてきてくれた時と同じようにこちらの心を解きほぐすように話しかけてきてくれる。

リンジーはその声が好きだった。聞く度に安堵すら覚えたほどだ。

けれども今は、今だけは止めてほしかった。引いていた涙がまた戻ってきてしまう。その優しさに心が緩んでしまいそうになる。それは今のリンジーにはあまりにも酷なことだった。

「何でもありません。少し、疲れただけです」

こちらの顔を覗きこむユーリに見られないように腕で顔を覆う。それでも精一杯気丈な声を出そうとしても、弱々しいものしか出せない状況では意味がないかもしれない。

「なら椅子に座って休んだ方がいい。それよりも横になるか？」

もうユーリの優しさなどいらない。今優しくされればされるほど辛くなるというのに。

早くこの場を立ち去ってほしくて、顔を上げることも無理で必死に首を横に振る。

「……顔を見せろ、ウォルスノー」

「すみません。少し休んだら仕事に戻りますから、……少し放っておいてくれませんか」

近寄らないで。

話しかけないで。

私に触らないで。

ユーリのどんな感触も今のリンジーには残酷に感じる。この場から消えてしまえればよかったのに。

「そんな状態のお前を置いていけるわけないだろう」

何故こういう時に限って紳士的に気を遣ってくれない。変な気遣いなど求めていないのに。ただそっとしておいてほしかった。そうしたらそんな無駄な気を遣わせることなく、元の自分に戻れる。

こんな姿を見せなくても済むのに。

リンジーはひとつ地面に雫を落とす。


それでもユーリはどうしてもリンジーを放っておいてはくれないらしい。

「悪い」

「きゃっ！」

断りを入れつつも強引にリンジーの膝裏と背中に腕を差し入れて抱き上げてきた。

昨夜もしてもらったお姫様抱っこ。こうやって昨日は幸せな時を過ごしたことを思い出して、更に辛くなる。晒された顔を隠そうと咄嗟に手で覆った。けれどもそっと椅子の上に座らされた後に、その手はユーリによって外されてしまった。

「……どうした？」

椅子に座るリンジーの目の前に跪《ひざまず》き、見上げるようにして見せるその顔は眉を下げて苦しそうだ。きっとリンジーがこんな顔をしていることに戸惑い、どうしていいか分からないのだろう。

「どうして泣いている」

頬に手を当てられ、そっと目元を親指の腹で撫でられる。リンジーの不安な心を包むように、そして悩みを親指で拭い去ってしまうかのように優しく。

こんな温かな手に触れられて、泣いてなどいないと言ったところでどこまで説得させられるだろうか。きっともう隠しようもないほどにこの心はユーリの前に曝け出されている。

「あの……、昨夜のこと、」

そこまで言って、やはりその先を言うことはできなかった。『昨夜のことを覚えているのか』と聞いて返ってくる答えに如何ほど期待できるのだろう。

もしそれが期待を裏切る結果なのだとしたら……。

やはりダメだと頭を振る。

「いえ、何でも……」

「見合い相手と何かあったのか？」

リンジーの言葉に被せるようにユーリの低い声が聞こえてきた。先ほどとは打って変わって、眉尻を上げて怒りを露わにした顔。これも昨日見たことがある。

けれども『昨夜』と聞いて咄嗟に見合い相手とのことを聞くということは、もう確定的ではないだろうか。ユーリが全てをなかったことにしたいがために忘れている振りをしていない限り、昨夜あったできごとはユーリの中では忘却の海に沈んでいる。もし前者が真実であったとしても、どちらにせよ残酷なことには変わりない。

「あの……、違うんです。そうじゃないんです。そんなんじゃ……」

「じゃあ何故泣いている。昨夜何かあったのか？」

何かあったかなど。

もしユーリが本当に覚えていないのだとしたら、ここで昨夜のことをぶちまけたら彼はどうするのだろう。リンジーが言ったところで目の前の優しい彼をただ苦しめるだけなのではないか。

そう思うと口を開くことができなかった。

「放っておいてください。団長に言うことは何もありません。たとえ何かあったとしても団長には……」

「話せないというのか？」

「…………」

押し黙るとユーリは哀しそうな顔をする。こんな顔をさせたいわけではないのにどうしてこうなるのだろう。

そもそもリンジーだって泣きたいわけでもない。けれどもこの込み上げてくる涙も赤い目元も震える唇も止めることはできないし、この顔を隠すことをユーリ自身が赦してくれない。話すなんて、尚のこと。沈黙にて言いにくいことを誤魔化すしかなかった。

「……あの、私、仕事に戻らなくては」

顔にかかる手を押し退け、勢いをつけて立ち上がるとその流れで無理矢理そのまま逃げ去ろうとした。実際途中まで上手くいっていたしリンジーも逃げ切れると思っていたが、それはやすやすとユーリの手によって阻まれる。

左の手がユーリに囚われて、引き寄せられることによって。

「……いやっ！」

情事の間、離れることがなかった左の手首に巻きつくユーリの大きな手。その手の熱さが昨夜のことを思い起こさせる。くわっと顔が熱くなり昨夜のことと錯覚してそれがリンジーを更に混乱させ、無意識に手を振り払っていた。

振り払った左手の奥に見えるユーリの驚愕の顔。しまったと自分の失態に咄嗟に後悔するが後の祭りだ。

「ご、ごめんなさ……」

一体何をやっているのだろう。こんな無様な姿を晒して。もう自分の行動が突拍子もなさ過ぎて頭がついていけない。頭で考える前に身体が勝手に動いてしまう。

振り払って上げられた手は行き場をなくし、その状態でユーリの顔を見つめたまま動けなくなってしまった。もう無意識に身体が起こすままに行動したくない。ちゃんと頭で考えて冷静に動きたいのだ、いつものように。

「あの、団長……」

「……これは、何だ」

固まった二人の空気を破るように落とされたユーリの厳しい声。唸《うな》るように低く怒りを押し殺すようなそれは、リンジーの鼓膜を突き刺すように鋭い。

これ、と言われて再び掴まれる左手。目の前に付きだされて初めてそのことに気がついた。

鈍色の枷《かせ》のように左手首にぐるりとついている痣。ユーリが情事の間に握っていたために、痣となって残ってしまっていたのだ。

朝は首に残った痕をどうにかすることで頭がいっぱいになって、手首の痣は長袖で見えないと高を括《くく》っていた。これはリンジーのしくじりだ。

「何だ、これは……っ！」

今度こそユーリは誤魔化されてはくれないだろう。逃がすつもりもないとその険しい目が言っている。

今にも怒鳴りだしそうな自分を必死に抑えて、努めて冷静にリンジーに問いただしている。これがいつ爆発するかは分からない。

「これ、は……」

真っ直ぐに目を見ることができなくて、つい顔を逸らした。

それがいけなかったのか。

小さく唸るような声が聞こえたかと思うと、次の瞬間にはストールに手がかかり乱暴に取り払われた。

拒絶の声を出す隙もなく、暴かれたストールの下にある素肌。そこにはもう弁明のしようがないほどに情事の痕がそこ彼処《かしこ》に残っている。それがユーリの目の前に晒されている。恥ずかしくてぎゅっと目を閉じた。

ユーリの息を呑む声が近くで聞こえてくる。

「……ウォルスノー」

名を呼ぶユーリの声が上ずっている。掴まれた左手が痛いくらいに握り締められ、ぐっと胸が痛んだ。

ユーリに知られてしまった。

この誤魔化しようもないような状況でどう上手く言いくるめることができるのか。どこまでユーリは騙されてくれるのか。緊張と混乱で回らない頭で必死にこの後の言葉を考えた。

「お前、昨夜何があった」

はっきりとそう聞かれて、あぁ、やはりと泣きたくなるほどに落胆する。

こんなに痕をつけられて、そのつけた本人がそのことを全く覚えておらずにこれはどういうことかと問い詰める。

これはどんな茶番なのか。こんな馬鹿な状況、ありえない。

惨め過ぎて怒りすら覚えてくる。

「……団長には関係ないって言っているでしょうっ！」

もう我慢ができなくて声を荒らげた。

昨夜の熱は嘘だった。二人の時間はもうユーリの中でなくなってしまっているのだ。

それだけでも今にも叫びだしそうなほどに悲しいのに、まだリンジーを追い詰めたいのかとユーリにこの怒りをぶつけてしまいたかった。これ以上は勘弁してほしい。何も言わずに逃がしてほしい。それをすんでのところで止めているのは、リンジーの矜持ゆえだ。自らを惨めな方向へと更に

持っては行きたくないために止まっているに過ぎない。


「関係ないわけあるか!!」

今度はユーリが怒鳴る。

自分の声の倍の音量で出されたその怒声に身が竦んだ。びくりと肩が跳ね、震えてくる。


じゃあ、何と言ったらよかったのだ。こんなに怖くて怖くて仕方ないというのに。

ユーリを困らせたくないという気持ちもあるが、実際はユーリの口から『そんなつもりはなかった』とか『あれは過ちだった』と言われるのが怖いというのが本音だ。

ユーリに溺れるだけ溺れて、結局はただ気紛れに手を出された女だと思い知らされたくはない。

あの時それでもいいと思っていたけれど、一夜明けて冷静になってみればやはり嫌だ。せめて何かしらの情を持って抱いたのだと言ってほしい。

忘れられた上に『過ち』と切り捨てられたら、きっとあの夜を後悔してしまう。

涙がぽろぽろと零れ出た。

今にも恐怖で押し潰されそうな心が、涙を流す。もうどう頑張っても止めようがなかった。


人の往来があるかもしれないところでこんな話をするのが気が引けたのだろう。ちっ、と舌打ちをし『場所を移すぞ』とユーリに言われまた抱き上げられた。

騎士団側の官舎に入って、適当に空いている部屋へと入っていった。その間ずっとユーリの腕の中でメソメソと泣いているリンジーはどうにか涙を引っ込めようと四苦八苦するが、止まる気配もない。

参った、この涙、この状況。

すぐ近くにあるユーリの顔をこっそり窺うと、顔を顰めて明らかに怒っている。どうしてユーリがここまで怒りを剥き出しにしているのか理解できない。そういえば昨夜も一時こんな顔をしていた。いや、今日の方が数倍怖い顔をしているが。


「怒鳴って、悪かった」

もともと空き部屋なのだろう。机も椅子も置いていない空っぽな部屋の床の上に下ろされて、ユーリと向き合う。謝罪の言葉を言っているものの、その顔は依然厳しい。その顔を見ていられずに、顔を逸らした。

「だがな、お前のこの手首の痣、長時間誰かにこうやって拘束されていた跡だろう？」

そう言って、ユーリが痣の残る手首を握る。

「これは、転んだ時に捻って……」

「捻ってこんなくっきりとした痣が手首を回るようにつくか？　それにこれは人の手の形だ。大きさからいって男だろう」

さすがは団長。こういう嘘などすぐさま潰してくる。

「……それに、今日はずっと俺に脅えている。真っ直ぐ目を見て話す奴が、今日は目をよく逸らす」

脅えているわけではない。ただ、昨夜のことが思い起こされて気分が落ち着かないし、ユーリに近寄られるだけで挙動不審になっていただけのこと。確かにそのリンジーの行動が脅えているととられても致し方がないことかもしれないが、まさかそれが仇《あだ》になろうとは。

　思わずリンジーは自嘲した。冷静な顔を装っていたはずなのに、それを徹しきれなかった。急拵《きゅうごしら》えの仮面など何の意味もなさなかったのだ。

「お前、昨夜何かあったんじゃないのか？　だから泣いていたのでは？　……その口づけの痕も、昨夜つけられたんだろう？」

　全てをこと細かに指摘されて、カッと顔が赤くなる。

「……ちゃんと、合意だったのか？　無理矢理されたのではないか？」

　言いづらそうに聞かれたことは、リンジーにとって一番聞かれたくないことだった。合意かと聞かれれば微妙なところだろう。

　初めは強引。けれどもユーリに抱かれるのを最後に望んだのはリンジー自身だ。

　はっきりと答えることができなくて黙りこくった。ここで沈黙に徹するのは卑怯なのだと分かってはいるが、何も知らないユーリからすれば肯定すれば、リンジーはもう他の男のものであると認識してしまうだろう。逆に否定してもそれはそれで大問題だ。

「相手はあの見合い相手か？」

「違います」

「……意にそぐわぬ相手か？」

「それは……」

「やはりこの手の痕は、無体をされた痕なのでは？」

「…………」

こうやってリンジーを問い詰めるのは騎士としての正義感からなのだろうか。それとも仕事仲間として見過ごせないのか。

残酷だ。この人の優しさをこんなに残酷だと感じる日が来るとは思いもしなかった。

「ウォルスノー、俺に話してくれないか。言いづらいことだとは承知している。でも怖がることはない。ただ、お前が誰かに傷つけられたのではないかと、心配で仕方がない。俺の杞憂《きゆう》だったのならいいんだ。お前がお前の意志で誰かとそういう関係になったのなら、……それは、その、喜ばしいことだ」

身体が一瞬強張った。

最後の言葉は聞きたくはなかった。他の男と男女の仲になることが喜ばしいなど、そんな酷なこと。

「けど、もしそうでないのなら、意にそぐわぬものでお前が傷ついているのなら、……俺はその男を絶対に許すつもりはない」

それは強い目だった。貫かれるような、そんな眼差し。誰とも知らぬ相手に憎悪を向けて、歯を喰いしばる。


「言え。いったい誰がお前にそんなことをしたんだ」


できることならリンジーだって言いたい。

『それは団長、あなたです』と。

◇◇◇

よろよろと少し覚束ない足取りで職場のデスクに辿り着き座ると、一気に脱力した。

いろいろやっているうちに、昼休憩の時間になってしまったのだろう。室内は閑散《かんさん》としていて、一人を除き皆外に出ているようだった。それをいいことにここぞとばかりに全ての力を抜いた。

はぁ、と重い溜息を吐き出して、今日の心労の残り滓《かす》を全て吐きだしたような気になる。ぐったりとしてデスクの上に突っ伏せば、頬に冷たい感触。あのユーリの燃えるような熱い手とは全く違う、火照った身体にはちょうどいい温度だった。


結局のところ、リンジーは上手いこと逃げ切れた。

強く追及されて混乱して慌てふためいたが、あの後ユーリがこちらに手を伸ばそうとしているところを身を翻して走ってその場から立ち去った。後ろでユーリの呼ぶ声が聞こえてきたけれども、立ち止まることも振り返ることもできず、もう二度とユーリに捕まらないようにと必死で逃げてきたのだ。

途中女子トイレに寄って鏡で泣きっ面になっていないかチェックをして、少し心を落ち着かせてからここまでやってきた次第だ。

あのまま逃げ切れて幸運だった。もし、また捕まって再度追及されたら全てをぶちまけてしまうというところまで実際は追いつめられていた。

惨めで哀しいし腹立たしいし、ユーリが何故あんなにも食い下がるのか訳が分からないし、怒る意味も分からない。

はっきりと言わなかったリンジーにも悪いところがある。けれども弁明をさせてもらえば、あれはどう考えたって『あなたに抱かれました』とは気軽に言えるような雰囲気でもなかった。

おそらく、リンジーのあの状況を見てユーリは誰かに無理に抱かれたと確信に近い疑いを持っている。左手首の痣が決定的だったのだろう。

もう少し上手く立ち回れなかったのかと自分を責める。頭はよくて計算ができても、こういう時は何一つ役に立ちはしない。そういう経験値がほぼ皆無なリンジーには荷が重過ぎた。どう考えてもこれは上級者向けの案件ではなかろうか。

（……顔、合わせられるかな？）

逃げてしまった手前、次に顔を合わせる時どんな顔をしていけばいいのか悩む。どんな顔を張りつけて行けばいいのだろうと。

これからモルギュストに費用一覧を提出して許可を貰う。恐らくまた素気なく却下されるだろうから、こちらで修正をかけて代案を用意して。そうなると、ユーリと顔を合わせるのは早くても明日、今後のスケジュールも考えると遅くても明後日だ。それまでちゃんと繕うことができるだろうか。

仕事仲間として割り切った顔。プライベートは一切仕事に持ち込まずに、仕事に徹する自分。今日のことなどおくびにも出さずに普通の表情。これは早速家で練習だろうか。気が重い。

「おいおいおい、まだ屍になるのは早いんでねぇの？　ウォルスノーちゃん」

頭上から声がして顔を上げれば、そこにいたのは髭面《ひげづら》の軽薄そうな顔。

「バンギリアムさん」

職場の先輩、ノールグエスト・バンギリアムがこちらを見下ろしていた。

「なぁに？　今回はさすがのウォルスノーちゃんも頭抱えている感じ？　次官、かなり取りつくしまもないくらいに拒絶していたもんな」

「それだけじゃないんですけどね。それに、私は費用申請の時は毎回頭抱えていますよ」

「謙遜《けんそん》しちゃってさぁ」

ひひひ、とニヤニヤしながら笑うノールグエストは、リンジーの机の上に腰を乗せてこちらを覗きこむ。

彼は同じ財務省の先輩で、年は三十手前。この職場では比較的若手の方に入る。

だが、髭面のボサボサ頭、官服もだらしなく着ていることから妙に老けて見えるし口調も軽いところがあるので、一見すれば立派なおじさんだ。ちゃんとした格好をすれば齢《とし》相応にも見えるし、見目もいい。現に礼服の着用を必要とする儀式や会議などで、無精髭を剃り頭だって整えた姿でいると、周りの女性がノールグエストを見て沸き立つ。おそらく女受けはいい顔立ちをしているのだろう。けれども、それは彼の好むところではなく『あんな面倒なこと毎朝していられないよぉ』と、滅多にその綺麗な姿を見せない。

そんな彼が一見軽薄そうに見えるがリンジーがこの財務省の中でも信用に値する人物であると思うのは、さり気ない気遣いや声かけを絶妙なタイミングでしてくるからだ。

今もそう。

おそらく職場に入ってくるなりぐったりとしているリンジーを見て、様子を窺いにきたのだろう。軽い感じで接してくるので見落としがちだが、彼の優しさをこういう時に感じる。

「今回のグロウスノアの演習、かなり大規模でなかなか大変らしいな」

「そうですね。お陰で次官も首を縦に振りませんよ。まぁ、それをどうにかするのが私の仕事ですけど」

「確かになぁ。今の次官を相手するにもかなりの労力が必要になるなぁ」

今は席を外して空席になっているモルギュストの机に二人で視線を送る。

あそこに騎士団の費用申請の許可を貰いに行く時、いつも緊張が走る。いつもすんなり許可が下りるのはネイウスのみで、残り二つは必ずひと悶着がなければ下りはしない。重箱の隅を突《つつ》くようにあれこれとダメ出しをして、最後の最後にはいつもの決まり文句の平和ボケ発言、『平和な今、戦争など起こるはずがない』で締め括るのだ。

それに対して一つ一つ説明し重要性を説いて言い包《くる》めるのは正直骨が折れる。その面倒くささを知っている財務省では、騎士団担当は大体が新人に押しつけられる。それが今はリンジーの番というわけだ。

前任者であるノールグエルトも同じ道を通ってきたから尚のこと気にかけてくれるのだろう。それでも彼は伯爵位を持つ貴族。平民であるリンジーよりはモルギュストからの風当たりは幾分か弱かったはずだ。

「今回はアウグスト領兵と一緒に演習すんだろ？　あそこの国境付近は山間部が多いし、騎士団としては是非とも慣れさせておきたいとこなんだろうな」

「はい。団長もそう仰ってました」

「そうか。それは、実現させてやりてぇなぁ……」

へにゃっと相好を崩すノールグエストの顔を見て、リンジーも苦笑しながら頷く。本当、その一言に尽きるのだ。

「団長も費用を削って一生懸命に実現させようと頑張っているんですが、よしんば実現できても希望通りのものではないでしょう。十分な訓練もできないかもしれない。結局そういうところでしか妥協点を提案できない己の無力が腹立たしいというか、申し訳ないというか……」

それを最近とみに実感するから嫌になる。ちゃんと満足のいく形で軍事演習を実現させてあげたいのに、モルギュストの平和ボケに振り回されてちっとも話が進まない。何故こんなにも上手くいかないのか。仕事に対する自信が揺らぎそうになる。

「そう言うな。お前はよくやっているよ。あの次官からいつもあれだけの譲歩を貰っているだけでも御の字だ。俺なんかいっつも次官にやりこめられて騎士団に頭下げっぱなしよぉ。お陰で今でもすぐ頭を下げる癖が抜けなくて大変」

「それこそ謙遜ですよ」

そうは言うものの、リンジーは知っている。彼は担当していた当時、リンジーよりも効率よく仕事を回せていたことを。『やる時はやる』という典型的な男だ。いろんなものが空回りしている自分とは違う。

「参るよなぁ。夏に長官が代わったから、ようやく次官の暴走を止めてくれる人がくるかもって思ってたんだけどなぁ。まったくだもんな」

「バドルード長官もいろいろと大変なんですよ、きっと。長官になられたのも急なことでしたし、引き継ぎも何もあったものじゃないですから下に手が回らなくても仕方のないことです」

「にしても、次官のことをもう少し見てくれるとこっちとしては助かるんだけどなぁ。そろそろ他の奴らも長官に陳情《ちんじょう》しようって言い出してきている」

「そうなんですか？」

「ああ。前のナイル長官は次官とは仲良かったからなかなかそういったものを聞いてはくれなかったけど、バドルード長官なら、もしかしてってさ。やっぱ初日であんなに部下の話を丁寧に聞いてくれる人が、訴えを無視するわけないって期待があるんだよ」

ノールグエストの顔が少し生き生きとしてくる。

何だかんだと言って、ナイルやモルギュストに辛酸《しんさん》を舐めさせられたのはリンジーだけではないということだ。誰も口には出さないが、今の財務省の一番の問題点として認識していることだった。

もともと、モルギュストは他部署であの横柄《おうへい》な態度から疎《うと》んじられていたところを、前財務省長官であるナイルが拾って自分のすぐ下の次官のポジションに据えたのが始まりだった。

ナイルは随分とモルギュストを気に入っていたらしく、それをモルギュストも分かっていたのだろう。会う度に媚を売り、それにナイルはますます気分を良くし、モルギュストを猫可愛がりするようになっていった。

その結果、モルギュストはナイルの庇護の下、財務省では好き勝手に振る舞い自己の価値観で決済を拒否するという暴挙を働いても赦されるようになる。

ところが、今年の夏にナイルが急死した。

大きな後ろ盾をなくしたモルギュストは、自分の身がどうなるのかと戦々恐々として大人しくしていたが、蓋を開けてみれば長官の首がそのまま挿《す》げ替えられただけで特に変化もなく。新しく就任したバドルードも家名に差異はあるもののそれでも同じ伯爵位で、自分よりも年若い。それも今は引き継ぎやら方々への挨拶やらで忙しく、下の方まで眼が行かないという現状から、徐々に通常運転へと戻ってきてしまった。媚を売る相手がいない今、以前よりも性質が悪くなってきている。

　そろそろバドルードも落ち着く頃ではあるだろうし、周りもいろいろと我慢の限界が来ているのだろう。陳情して、果たしてバドルードがどう動くのかを見て、今度こそ期待できる上司なのかを見極める段階に来ているのかもしれない。


「実は、騎士団の方も決済の不公平さに不満が上がっておりまして」

「そうだよなぁ……。どうせあれだろ？　ネイウスのところばっか優遇しているから、他の二つが納得いかないってやつ」

「はい」

「まぁ、上がって当然の不満だよなぁ。本当、ユーリとかすんげぇ怒ってんじゃない？」

「ええ、まぁ。それで、直接今度の合同演習を長官と次官に見てもらって、直に説得しようと思ってます」

「わぁお！　ウォルスノーちゃんったら、大胆かつ行動的！」

きゃっ！　と低い声で言うノールグエストに、『茶化さないでくださいよ』と怒る。性《た》質《ち》謝りながら笑う彼の顔は、先ほどより更に生き生きとしている。その笑顔もどことなく嬉しそうだ。

「けど、これで騎士団が動いてくれたら俺らも訴えやすくなるな。ついでにガルフィールドの爺さんも引っ張ってこいよ。もっとやりやすくなる」

「それ、ミリオンドレア団長も同じこと仰ってました」

「さすがシュゼット団長。俺と気が合うねぇ」

そう改めて言われると、確かにこの二人は気が合いそうだ。シュゼットの豪胆さはノールグエストの好むところだろう。実際、騎士団の中でノールグエストと仲が一番いいのはユーリではあるのだが。

「騎士団が動き出したとなれば、こっちも本腰で頑張んねぇといけねぇな」

「はい」

思わず張り切って返事をすると、ノールグエストがこちらを見てフッと笑う気配がした。

「何かあったらいつでも言いなさいよ。こっちからでも働きかけられることはいくらでもあるしな。俺に言えなきゃ誰でもいい、話せる奴に愚痴れ。お前は直ぐに自分の中に溜め込むから、俺ぁ心配だよ」

「ありがとうございます」

頼れる先輩とはまさにこの人のことだとリンジーは思う。以前は性差別発言を他の職場の人間に浴びせられ誰をどう信じていいか分からなかったが、視野が広くなった今は違う。彼がどのような人物かも知っている。その仕事ぶりだけではなく、例えば貴族ではあるがとても庶民的であることとか愛妻家であることも。その証拠に今日も愛情たっぷりの奥さん手作りの弁当を持参のようだ。

彼の机の上に可愛らしい布で包まれたお弁当がのっている。

「お前さん、お昼は？」

リンジーがノールグエストの机の上にある弁当を盗み見たことに気がついたのだろう。いまだにここにいるリンジーを案じるように聞いてきた。

「ここに来る前に軽く食べました」

もちろんそんなことはない。食欲がなくては食べ物を口にすることも無理そうなのでこのまま食べずに過ごすつもりだったが、それを馬鹿正直にノールグエストに言ってしまうといらぬ心配をかけてしまうので嘘を吐いた。

「そうかい？」

そう口では言うが彼の顔は半信半疑だ。

「そういうバンギリアムさんこそお昼はもう食べたんです？　今日も愛妻弁当ですか？」

下手な嘘がばれないように話をノールグエスト自身へと持っていくと、彼の顔が見事に崩れた。

「もちろーん。今日も俺の愛する奥さんの愛情たっぷりのお弁当を食べて今腹いっぱい幸せいっぱいですよ。今日はねぇ、卵焼きが入ってたんだよね。しかもちょうどいい甘さのやつでその上焦げてないの」

自他共に認める愛妻家の彼は、いつも奥さんのことになると途端に幸せそうな顔になる。蕩けるという表現が似合うほどに。特に彼の中では奥さんのお弁当というのは格別に思い入れのあるものらしく、嬉しそうに今日のお弁当の味がどうだとか、奥さんの料理の腕が日増しに上がってきていて自分は世界一の幸せ者だとか嬉しそうに語ってくれる。職場の人間はそんな彼の惚気《のろけ》話にうんざりして途中で聞くのを止めたりしてしまうが、リンジーは案外その話を聞くのが好きだったりする。

何せノールグエストの奥さんは彼の妻になるために驚くほど努力をした人だ。その努力の末に結ばれた二人の幸せの一部を垣間見ることのできるその話はまた楽しみでもあった。

「ってことで、そうそう、俺本当はこれが目的だったんだわ。はいよ、これでも食べて元気出せよ」

そう言って渡されたのは一口サイズのチョコレートだった。

「仕事に疲れたら糖分とってねって奥さんに渡されたんだけど、特別にお前さんにやるよ」

「ありがとうございます。いいんですか？」

「おう！　ま、仕事に詰まったらこれでも食べて気分転換でもしてくださいよ。それにちょっと顔色も悪いからな。ちゃんと栄養とれよ」

カツンと人差し指で机を叩くと、ノールグエストは自分の席へと戻って行く。その後ろ姿を見ながら、自分も落ち込んでいる場合ではないなと気を引き締めた。

公私ともに上手くいかない時はたまにある。そんな時だからこそ、どちらか一つでもしっかりとやり遂げるべきなのだろう。今はとりあえずユーリのことや昨夜のことは置いておいて、仕事に集中してしっかりと成果を上げたい。

気を取り直して、目の前に山積みになってる仕事を片付けて行こう。そして、今度の軍事演習が少しでもユーリの理想とするものに近づけるように尽力するのだ。

グッと背伸びをして背筋を伸ばすと、昼休憩に行っていたモルギュストが帰ってきた。

さて、ここからが正念場だ。

ダメだ。今回も負けた。

結局、モルギュストから譲歩を勝ち取れたのは、アウグスト領への往復の旅費分だった。それでも、片道三日かかるところを野営をし馬を走らせっぱなしで一日半に縮めろと無理難題をふっかけられての譲歩だったが。

途中、いい加減に詰りたくなった。何の権限で騎士団の軍事演習の内容に口出しするのか。そこまでの権限が貴方にあるとは思えない、と。

それをせずに済んだのは、途中でノールグエストが割り込んでモルギュストに話しかけてきたからだ。おそらくリンジーの爆発しそうな様子を察知してわざとそうしてくれたのだろう。冷却期間を貰ったためにその間に冷静になることができ、今回この譲歩を勝ち取ることができた。

もちろん、ノールグエストには後から丁寧にお礼を言った。『少し話が進んでよかったね』と笑って喜んでくれた彼を見ていると、自分の未熟さが恨めしくなる。


そこからは自分のデスクに戻って、粗方《あらかた》雑用を終わらせた後、ずっと軍事演習の費用一覧と睨めっこだ。

先ほどの旅程の話も含めて、これより更に費用を削っていかなくてはいけない。その代替案を作るにしても、もう既にかなり切り詰めた状態からどう削るべきなのか、頭を抱えてしまう。

リンジーにできることは精々旅程の費用と、アウグスト領逗留《とうりゅう》時の費用を切り詰めることだ。実際の演習中に発生する費用は門外漢《もんがいかん》なので、下手に手出しはできない。そこはユーリと要相談だろう。


ある程度完成させ見切りをつけると、ペンを置き辺りを見渡す。

窓から見える空の色は濃紺で、街灯の明かりがその枠の一部を明るく見せる。壁にかけられていた時計を見れば終業時刻をとうに過ぎた時刻を示していて、室内には誰もいなかった。部屋の明かりもリンジーの周りのみ灯っている。

どれだけ没頭していたのか。いい加減に身体が疲れを訴えているのを感じて、家に帰るべく身の回りのものを片付ける。

通勤用のトートバッグに手を伸ばすと、袖からちらりと見えた左手首の痣。それに意識を奪われて手の動きを止めた。

そこを右手の人差指でそっと撫でる。

その感触に思い浮かべるのは、ユーリの顔。それは昨夜の欲情に濡れた顔だったり、今日の激高する顔だったり、いつもの柔らかな笑みだったり。いろんな顔のユーリがリンジーを苛む。


早く消えてしまえばいいのに。

この左手首の痣も。

首に残る口づけの痕も。

袖を伸ばして痣を隠す。明日からはこれを隠すために、包帯なり袖の長いインナーを着こむなりしなければならないだろう。

今日はきっと夕食はいらない。帰ったらすぐに寝てしまうのだろうから。

室内の明かりを消し、職場を後にした。


さすがにこの時間帯になれば、官舎内にも人影は見えない。この時期は残業する部署も少ないのだろう。だんだんと年末に行くにつれ増えてはくるのだろうけれども。

官舎玄関の扉を開け、一歩外に出ると見える濃紺に散りばめられた星々。一等輝く星がちょうど正面に見える。あの星はデフタネト。亡き父が幼い頃にベランダで夜空を見上げながら教えてくれた。双月はここから見えない。きっと方角的に逆の位置にあるのだろう。

そっと流れる夜風に背中を押されるように玄関前の階段を下りる。一歩一歩丁寧に。

夜道は怖い。街灯はあれども、一部のみで太陽のようには全てを照らしてはくれない。闇夜を消すことはできないのだ。

だから、夜道を歩く時は慎重になる。警戒心は忘れるべからず。その教訓を胸に夜道を歩くのは常のことだった。

けれども、今日のリンジーはそれをすっかり忘れていた。いろんなものが積み重なって気がそぞろになってしまっていたのだろう。それが目の前までくる時まで気がつかなかったのがいい証拠だ。

メインロードの脇にある花壇からのびた影が視界に入った時、ようやくそこに人がいたことに気がついた。

「……団長」

花壇の端に腰をかけたユーリはこの寒空の下、どのくらいここでこうしていたのだろう。鼻の頭が少し赤くなっていた。

「どうしたんですか？　こんなところで」

自分で言っていて空々しく思える。

どうしたかなんてリンジーがよく知っている。おそらく昼間の話の続きをしにきたのだろう。こんな遅くまで、この寒さの中。

「お前を待っていた」

予想通りの応え。結局はユーリが納得する答えを出すまで逃がしてはくれないということか。

無意識に左手首を右手でそっと握った。

警戒させたくないと思っているのか、その顔は昼間と違って穏やかでいつもの彼で。ともすれば恋人達の逢瀬《おうせ》のようだと錯覚すら覚える。

けれども現実は残酷だ。そんな甘いものなど一切なく、今は追及する者とそれから逃れる者。ただそれだけの関係。

「……何と言われても、私は答えませんよ」

何かを言われる前に牽制をした。今日はもうユーリと言い合う気力は残ってはいない。

ゆっくりと腰を上げたユーリは、目の前までやってきてリンジーを影で覆う。こう間近で見下ろされると、随分とその身長差を感じる。多分、リンジーの身体などすっぽりと覆うことができるのではないだろうか。昨夜のように。

顔が緊張で強張る。咄嗟に構えたリンジーを見下ろし、ユーリはふと声を和らげた。

「そうだな。俺ももう何も聞かないことにしたよ」

その予期せぬ言葉に戸惑う。すっかりまた追及されるものだと思っていたから、思わずポカンとしてしまった。

一体どうしたのだというのだろう。この数時間の間に何がユーリの気を変えさせたのか。突拍子のない事態に、言葉を失う。

「お前に話したくないことを聞きだすのは酷なことだし、それにこれは俺のエゴだ。だから聞かないことにした。お前も無理に話す必要はない」

街灯を背負っているせいで顔に陰翳《いんえい》ができて少し怖く見せるけれど、それでもいつものユーリの優しい顔がそこにある。変わらぬその顔がそこにあるのだと思うと何だか無性に泣きたくなった。

(ごめんなさい、団長)

あれからずっとリンジーを心配してくれていたのかもしれない、思い悩んでいたのかもしれない。

それを沈黙することでふいにしている自分は、何て馬鹿なのだろうと思う。

けれども真実を話す勇気もなければ、むしろそれによってユーリに疎まれてしまうのではないかという恐怖が先立ってしまう。

結局のところ臆病なのだ、自分は。これ以上傷つきたくないから何も話さない。ユーリはそんな浅ましい考えをいい方向に汲《く》み取ってくれたのだろう。何も聞かないというユーリの選択に、罪悪感を抱くと同時に安堵したのも事実だった。

「……ありがとうございます」

肩の力が抜けて、へにょりと相好が崩れる。

それに応えるようにユーリもにこりと微笑むと、『だからな』と話を続けてきた。

「もう二度とこんなことが起きないように、お前を守ろうと思う」

「え？」

思わず聞き返してしまった。

何をまた唐突に変なことを口走っているのだこの人は、と驚愕《きょうがく》のあまりに口を開けたまま固まる。

誰が、何を、守ると？

え？　え？　と混乱しながら一歩下がる。

何故そうなる、どうしてそうなる。

もうリンジーは話さない、ユーリは聞かない、それでお終いでいいはずではないのか。これ以上事態をややこしくする必要がどこにあるのだろう。

「いや、ちょっと待ってください、団長。この話はもう終わりでしょう？　何故そこで私を守るっていう話になるんです？」

「俺がお前を守りたいからだ」

「だから、別に私は守ってもらう必要はないんです！」

「またその手首の痣をつけられた時のような目に遭うかもしれない」

「ないです！　もう二度とありません！」

「何故そう言い切れる。……あぁ、お前は相手が誰か知っているからそう言えるんだな。残念だが、俺は知らないからやれることはしっかりとやっておきたいんだ」

「けど……！」

「ウォルスノー」

気がつけばいつの間にか手をユーリに取られていた。ほわっと顔に熱が灯る。ユーリを仰ぎ見れば、そこにあったのは切なげに眉根を寄せて揺れる瞳をたたえるユーリの精悍な顔。息を呑む。

「俺は、もう後悔をしたくはないんだ。お前を守ってやることができなかった後悔など、もう二度と……！」

だんだんと語尾が強くなったその言葉。それは懺悔《ざんげ》のようにも聞こえた。

苦痛を与えられているかのように歪んでいくその顔があまりにも痛々し過ぎて、直視できずについ俯く。

そんな後悔をする必要などなかった。ただ、そっとしておいてほしい、ただそれだけなのに。

「悪い。これも俺のエゴだ。俺が勝手に守りたいと思っているだけだ。お前にとっては無用なものかもしれないが、けれども俺は退く気はない。俺はお前を守りたい」

どうしてそんなことを言うのだろう。そんな重荷を背負うような真似をしなくていいのに。

そんなことに精を出すのなら、昨夜のことを思い出す努力をしてほしいと言いたいところだが……。

俯いたまま、途方に暮れる。

ここで上手く断れるのであれば、断るべきなのだろう。けれども、ここに来て浅ましい欲が沸々と湧き上がってきているのも事実だ。

――どんな形であれ、ユーリの側に長い時間いることができるのであれば
千載一遇のチャンスに心が躍っている。

何て愚かな恋心。

傷つきたくない。だからこれ以上踏み込まないでほしい。けれども、側にいる機会を逃したくない。側にいたい。相反する二つの感情。二律背反。


「守るとは、如何様《いかよう》にして守るつもりです？」

「とりあえず俺が確実にできることは、退勤時に家まで送り届けることだ。出勤時もできることならそうしたいところだが、朝練があるため無理だ。だが、できる範囲でお前の側にいるつもりだ。――後は……」

顎に手をかけられ、クイッと上を向かせられる。ユーリの真摯な眼差しと目が合い、胸がドクリと音を立てて跳ね上がった。

「一番は、お前が苦しい時辛い時、それと危ない目に遭った時に最初に頼るのが俺だといい。俺がお前の逃げ場所になることができたのなら、と思う」

――あぁ、どうして
ユーリのこの優しさは毒だ。恋い慕う女にとっては甘い甘い毒になる。

優しくされればされるほど辛くなる。この想いが成就することがないと分かっているから。

一度は浮かれるのだ、こんな風に優しくされると。けれどもふと冷静になった時に、これはユーリにとってはさして特別なものではなく純粋な親切心でしかないと分かると途端に気持ちが沈む。その落差が辛く、自分が惨めになる。

けれどももう止められない。どんなに見込みのない恋だと分かっていても、側にいたいと思ってしまう。

懇願《こんがん》するようにこちらを見つめるその目も、掴んだ手から伝わるその温もりも、安心して心が解れるようなその匂いも。この近距離だから感じられるもの。

一度は知ってしまったそれらは手放し難いものだ。

――だから
「勝手にしてください」

ふい、とそっぽを向いて不貞腐れた振りをしながらも、結局のところ赦してしまう。

どんなに傷ついても忘れられても、それでも貴方の側にいられるのであれば……。

「ありがとう。必ずお前を守るよ」

――きっと今の私は幸せなんだろうから。


自宅である独身寮までの距離は然程《さほど》ない。王宮の門を潜《くぐ》り抜けてその塀つたいに歩いていくと、すぐ見えてくる。

だから、実質ユーリとこうやって歩くのはほんの数分のことだ。だからこそ、こんな短い距離を歩くのにわざわざ護衛のような真似をしてくれなくとも、と思うのだが、いざ一緒に歩いてみると緊張と共に嬉しさが込みあげてくる。こんなことのために時間を割いてくれなくてもと思う反面、忙しい中リンジーのためだけに時間をつくってくれていることが嬉しい。

やはり矛盾している、この気持ち。恋とはかくもこんなにややこしく難解なものなのかと、二つ並ぶ影を見つめた。

夜道を二人で歩く。それは、一人で歩くのとはまた違った意味で鼓動が早鐘を打つ状況だ。

一人の時は闇夜がつくり出すそこはかとない不安がリンジーの鼓動を速めた。今はユーリが側にいることで、緊張して胸がバクバクいっている。

やはり執務室で仕事の話をしていた時とは違う。二人きりで夜道を歩くなど、傍から見たら恋人達の逢瀬《おうせ》のようにも見えなくもないこの状況、自分達にはそのつもりがないと分かっていても意識してしまうものだ。

もしかしたら今の自分達を見た人が恋人と勘違いしてしまうのではと危惧し、そしてはたと気がついた。


「あの、団長」

「何だ」

リンジーの呼びかけによってこちらに向けられた顔。それはいつもとさして変わりのないもので、やはりこちらだけが意識してしまっているのだなと認識する。

ならばはっきり言ってやらなければならない。この状況が誤解を招きかねないということを。

「やはり、これはまずいと思うんですけど……」

「何がだ？」

「だから、団長は縁談がきていますでしょう？　そんな時に私を家まで送り届けるというのは、誤解を招きかねないかと。万が一シャウザー伯の耳にでも入って縁談がなくなることにでもなったら……」

「大丈夫だ。もう既にこちらからお断りをしている」

「え？」

「少し前にな。お受けするつもりはないとシャウザー伯にもシャロン嬢にもお伝えした」

そんな馬鹿な、と驚く。

あの国一の美貌を誇るシャロンとの縁談を断る男がいるとは思わなかった。てっきりユーリも喜んでその縁談を進めているものとばかり思っていたのに。

「でも、昨夜の夜会には同伴されていましたよね？」

「あぁ。まぁ、あれは、縁談を断った交換条件みたいなものだ」

「交換条件？」

「シャロン嬢がどうしてもというのでな。そんなことで縁談がなくなるならこちらとしては願ったり叶ったりだしな」

果たして、本当にそんなことでシャロンは諦めたのだというのだろうか。

そもそも縁談を断られているのに夜会に同伴させる意味は何なのだろうと考える。

そうすると、本当はシャロン嬢の方はまだこの縁談を諦めるつもりはないのではないだろうかという邪推《じゃすい》が生まれてきてしまった。

昨夜、二人が同伴して現れたことで、噂程度に聞こえていた縁談が確固たるものなのだとあの会場にいた誰しもが思っただろう。リンジーだってそう思った。対外的には二人は縁談を進めている仲だと認識されていてもおかしくない。

もし、シャロンがそれを狙って同伴を願い出たのだとしたら。今ここで駄々をこねるのは得策ではないと判断して一旦は引きつつも、外堀から埋めて行くという策なのだとしたら。

ありえない話ではない。恋の駆け引きにおいては女はどこまでも狡賢《ずるがしこ》くなれるのだと母に聞いたことがある。

そう考えると、ユーリのように楽観視してはダメだろう。女の嫉妬の矛先は何故か女性に向くと、これも母に聞いたことがある。もし、リンジーの推測が当たっていて、シャロン嬢が文句を言いに来たらそれなりの答えを用意していた方がいいのではないだろうか。誤解のないように、ユーリに害が及ばないように。

「あぁ、そうか。これはお前にも言えることだな。お前の見合い相手に話が行ったらそれこそ大変なことになる」

『それではまずいか』と、うんと唸るユーリの言葉を聞いて、ここで初めてサイジルの存在を思い出した。実は他人のことを言えるような状況ではないということも。

「ああ、それは……」

と、一旦言葉を区切って頭の中を仕切り直す。

「あの、お断りしたんです。私も」

はっとしたような顔でユーリがこちらを見てきた。そしてばつが悪いように顔を背ける。

「そう、だよな。昨夜の……、いや、すまん。いろいろと軽率だったな」

昨夜、リンジーが男から暴行を受けたと思いこんでいるユーリは、途中で言葉を濁す。一般的に考えたら、瑕ものになった女が何食わぬ顔で結婚の話を進めることなどできないだろう。それが分かっているからユーリも自分の言葉が軽率だと謝罪してきた。

「勝手に勘違いしないでくださいよ。その前にお断りしていましたし、それにそれが理由じゃないんです」

苦笑して否定すると、そっとこちらを窺うような目線を寄越してくる。ユーリが思うような理由は、全体のほんの一部でしかない。

「多分、合わないと思うんですよね。私の結婚願望が強くて、是が非でも優良物件に喰らい付かなきゃいけないと思っているんなら、将来的に折り合いをつけられることも見込んで話を進めたんでしょうけれど。けど、妥協してでも結婚したいっては今は思っていないですし、極端なことを言ってしまえば一生独身のままでもいいのかなって気持ちはあるんです。だったら、どう考えても合わないって思う相手と結婚する必要はどこにもないと思って」

見合いを断った時、サイジルは酷く怒っていた。リンジーの方から断られるとは露とも思っていなかったのだろう。

あの後、何も言わずにその場から立ち去ったサイジルの屈辱に顔を真っ赤にして肩を怒らせていた姿には罪悪感を覚えたが、たとえリンジーに結婚願望があったとしても同じくお断りしていただろう。話はつまらないし自慢ばかり。毎日顔を突き合わせる相手が終始それに徹した話しかできないのであれば、いつかは我慢の限界がくる。

それより何よりも我慢がならないのは、リンジーの仕事に対する偏見の目だった。

周りが男だらけだから何だというのだ。男を漁《あさ》りに仕事に来ているとでも思っていたのだろうか。実際あの口ぶりは半分くらいは疑っていたのだろう。

酷い侮辱だと思った。誇りを持って仕事をしているリンジーには耐えられない屈辱。

昨夜、その話をした時によほど言い返そうかとも思ったが、こんな奴に自分の仕事が如何に国のために尽くしたものなのか、自分に合っているものなのかをとうとうと説いてもおそらく理解しえないだろうと気がつき、一気に頭が冷えてその場を遣り過ごした。いたるところで合わないなと思うところはあったが、おそらく昨夜のあの言葉が決定打になったのだろう。

ユーリとのことがなくとも、もうこの見合いを断ることはリンジーの中では決定事項になっていたことだ。

「そう、なのか……」

そう一言言って、後は何も言わなくなったユーリを訝しんで見上げると、半分笑い半分悩むような何とも形容しがたい顔をしていた。

「何です？　私、何か変なこと言いました？」

「いや、別にそういうわけじゃないんだが……」

そう言いつつもその変な顔を止めない。それに加えて何か言いたげに軽く口を開けたり閉じたりもし始めた。

何だというんだ、一体。

「言いたいことがあるならはっきりと仰ってください。別に構いませんが？　お前ごときが高望みし過ぎだろうとか、他に当てがあるのか、とか正直に言ってくださっても」

「まさか！　そんなこと言うわけないじゃないか！」

「じゃあ、何です？」

ユーリのその態度が解せなくて詰め寄ると、うんと唸って観念したかのようにポツリと言葉を落とす。

「お前が結婚したいと思うような男とは、一体どんな奴なのかと思って……」

ユーリにしては歯切れの悪い言葉。けれどもその言葉の意味を理解した時、リンジーの頬に熱が灯る。

「べ、別に、どんなのとか、その、具体的には考えたことはないですが……」

具体的に言い連ねることはできないが、簡潔に言うことはできる。それはユーリである、と。

もちろんそんなことを当の本人の前で言うことはできないので誤魔化すしかないが、この顔の火照りは誤魔化せそうにもない。こんなことを本人から聞かれるなんて、罰ゲームか何かなのか、これは。

「ぎゃ、逆に団長こそどうなんです？　いろんな女性と浮名を流しておいでですが、実際団長が結婚してもいいと思えるような女性とは巡り合ってはいないんですか？」

恥ずかしさのあまりに自分がとんでもないことを口走ってしまったと気がついたのは、ユーリのキョトンとした顔を見た時だった。

何故自分から傷つきに行くような質問をしてしまったのだろうか。全くもって馬鹿だ。

自分の馬鹿な発言に後悔しながらもどうにか撤回できないかとあたふたしていると、ユーリがフッと優しく笑う。

「いるよ、そういう女性。けど、俺の片想いだ」

歩みを止めて、その場に立ち尽くす。突然立ち止まったリンジーに気付き、ユーリも足を止めてこちらを振り返った。

いまだに柔らかく微笑むユーリの顔を見ながら、声を失ってしまったかのように何も言えず、ただ立ち尽くすことしかできなかった。

「確かに俺は今まで来るもの拒まずで、女性達の寂しさを埋めるように付き合ってきていたけれど。知ってたか？　俺……」

尚も追い打ちをかけるように続くユーリの言葉は、刃《やいば》のようにリンジーの心を切り裂いていく。


誰かにこの耳を塞いでほしかった。誰かにユーリの口を塞いでほしかった。

「そいつに恋してから、そういうの一切止めたんだ」

恋い慕う女性がいるのにユーリに戯《たわむ》れに抱かれた自分を、この場から消し去ってしまいたかった。

第四話

「リンジーさんってぇ、団長と付き合っているんですかぁ？」

「……………まだそこの支出の数字、直っていませんよ」

「毎日団長がリンジーさんを送り迎えしてるって聞いたんですけどぉ」

「……………今回は書式は大丈夫なようですけど、まだ数字の間違いが多いようです。あ、またそこの数字一桁間違っていますよ」

「それってぇ、やっぱりぃ、そういうことですよねぇ」

「……………」

「ね？　リンジーさん」

『ね？』って何だ。『ね？』って。そんな可愛らしい満面の笑みで聞いてきて、絆されたところをすかさず話を聞き出そうという魂胆なのか。恐ろしい。末恐ろしい。そして何よりそんなマリアベルの可愛らしさにうっかり答えてしまいそうになっている自分が恐ろしい。可愛いもの好きの自分がこの時ばかりは憎らしい。

「マリアベルさん、今は仕事中です。雑談は後にしてまずはこちらに集中してください」

今この場にユーリもレグルスもいないからだろう。それによって抑制力をなくした好奇心が暴走しているマリアベルにピシッと言い放つと、若干不服そうにしながらも『はぁい』と言って仕事に戻った。

前回不備があったために突き返した報告書の最終チェックをマリアベルとしているところだが、やはり予想通りの質問が飛んできた。あらかじめ覚悟をしていたとはいえ、正直今ユーリ関連の質問をされるのは辛い。せめてもの救いはこの場にユーリがいないことだ。何と言っていいかそれこそ分からなくなってしまう。

ユーリが送り迎えをしてくれるようになって早三日。二人についての噂はいろんなところで聞かれるようになった。

ただでさえその容姿と役職から目立つユーリが、平民の女、しかもパッとしない地味な女と一緒に歩いているのだ。目立たないわけがないし、いろんな憶測が飛ぶのも当然のことだろう。実際職場の人からマリアベルのように問い詰められたこともある。もちろん本当のことは言えないので、『今は就業時間中なのでプライベートなことでお話はできません』と冷たく言い放って誤魔化したが。

真剣な顔で報告書を仕上げていくマリアベルを横目に、さてと考える。

ユーリとのこの曖昧な関係を人に説明する時に何と言えばベストなのか。その答えをリンジーはいまだに出せずにいる。もちろんあるがままに話すことはできない。リンジーとユーリの言うことに食い違いがあってもまずいだろう。

だから昨日ユーリに噂になっていることを話して、その時の対処について相談したのだが……。

『別に答える必要はないんじゃないか？　しつくこく聞かれたら、俺に付き纏われているとでも言っておけ』

と、何とも参考にならない意見が出てきた。

どこの世界にユーリがこんな地味な女を付け回しているなんて話を信じる人間がいるんだろうか。もう少し信憑性のある話が出てくるかと思ったが考えが甘かったようだ。

そもそもユーリは気にはならないのだろうか。いや、言い出しっぺはユーリなのだからそれも覚悟の上で送り迎えをしているのだろうけれども。

でも、ユーリには好きな人がいる。あんなに数多《あまた》の女性達と楽しんでいたユーリが、ピタリと火遊びを止めるくらいに好いた人が。その人の耳に入ったらあらぬ誤解を受けるかもしれないという危惧は彼の中に一切ないのだろうか。この状態をどこか楽観視しているユーリにモヤモヤするのは、自分が考え過ぎているからなのかとさえ思えてしまう。

今のこの状況はなりゆきとはいえ、ユーリの勘違いを利用しているに過ぎない。そのこともあって余計に考え込んでしまうのかもしれない。

何も知らないユーリに真実を告げることもせず、ユーリの言葉のままに側にいることや、かと言って他人にユーリとの関係を聞かれてもそれをはっきりと言うことができず、ユーリが言うように付き纏われているとも言うことができない中途半端さ。何だか知らぬうちにどんどんと大変なことになっていく。

仕事以外でユーリの側にいられるのは嬉しい。少しずつだがプライベートなことも話すようになってきた。そんな状況に今の自分が浮き足立っているのも事実だ。

けれど、送ってもらっての去り際にユーリの背中を見ていると湧き出してしまうのは罪悪感。きっと今の自分はユーリが好きな人と幸せに過ごす機会を奪ってしまっているのだろう。そう思うと遣る瀬ない部分はある。

だがそんな罪悪感もまたユーリの横に並ぶと消え失せてしまうのだ。これが恋心のなせる業なのか、それとも元々自分がそういう気質だったのか。呆れるほどに切り替えの早い心だ。


一度はいいと思っていた。

彼の側にいられるのであればこの状況を受け入れてしまおうと、己の恋心が先立っていた。

けれどもあれから数日が経って冷静になり改めて自分がしていることを見つめると、何て馬鹿なことをしてしまったのだろうと後悔ばかりが襲ってくる。あまりの自分勝手で軽率な考えに焦りすら覚えたのだ。

このままでいいはずがない。何とか正しい形に戻さなくてはいけないだろう。いつまでもいるはずのない暴漢を警戒しているユーリの肩の荷を下ろしてあげなくてはいけないし、この噂も打ち消さなくてはユーリに申し訳ない。

どうにかユーリのあの勘違いを解く必要があるのだが……。


「リンジーさぁん！　できましたよぉ」

リンジーが物思いに耽っている間随分と時が経ってしまったのだろう。マリアベルが報告書の修正を終えていつの間にか目の前に差し出していた。それを受け取ってチェックを入れる。今回は何も不備なく仕上げることができたようだ。

「これで大丈夫ですよ。お疲れ様です、マリアベルさん」

言葉で労《ろう》を労《ねぎら》うと、マリアベルは嬉しそうな顔をして『やったぁ』と小さくガッツポーズをしていた。

「じゃあじゃあじゃあ！　さっきの質問、もう一回してもいいですかぁ？」

待ってましたとばかりに、こちらに身を乗り出して聞いてくるマリアベルの目はいつになく輝いている。さっきのガッツポーズはもしかして仕事が終わったからしたのではなくて、ユーリとのことをようやく聞き出せるからしたのかもしれない。

「リンジーさんってぇ、団長と付き合っているんですかぁ？」

一言一句違えることなく同じセリフで再度質問してきた。

マリアベルの『教えて！　教えて！』と請わんばかりの円らな瞳にクラリとしてしまう。何故こんなにも可愛いのか。思わずほいほいと話してしまいたくなる。

「別に付き合っているとかそういう……、その、男女の仲というわけではないですよ」

当たり障りのない受け答えをすると、どうやらこれでは不服だったらしい。マリアベルが更に食いついてくる。

「じゃあ、何で毎日団長はリンジーさんを送り迎えしているんですかぁ？　未婚の男と女が毎日一緒にいたら恋仲じゃないかって疑っちゃうのが普通ですよねぇ。でもぉ、恋仲じゃないっていうお二人がぁ、毎日一緒にいるのはぁ、どうしてなんでしょうかぁ」

にやにやとしながらわざとらしく言葉を区切って話すマリアベルが、グイグイと距離を詰めてくる。それに押されてリンジーも一歩、また一歩と後退る。爛々と輝くマリアベルの瞳を見ながら、しまったと後悔した。報告書を受け取ったらすぐさまこの部屋を出るべきだったとも。

人から話を強引にでも聞き出そうとするこのマリアベルの顔、よく母がリンジーに恋の話がないか聞き出そうとして来る時とそっくりだ。『誰かいい人いないの？　好きな人は？』と、周りに男が多いし年頃なのだから恋の話の一つや二つあるだろうと信じてリンジーを問い詰める母も、よくこんな感じに目を輝かせていた。

「…………何ででしょうね」

「えぇ?!　それってどういう意味ですかぁ?!」

「どういう意味と言われても……」

何と言ったらいいのだろう。寧ろどう答えたらマリアベルは納得するのか。

「とりあえず、今はまだ就業時間なのでそういうプライベートなことを話すのは終わってからにしませんか？」

「大丈夫ですぅ。もうお昼休憩の時間に入ってますからぁ。プライベートなこといっぱいしゃべっちゃってくださぁい！」

壁かけの時計を確認すると、確かにもう昼休憩の時間になっていた。これではいつもの誤魔化す時の常套句《じょうとうく》が使えないではないか。

「あの、今日お昼は何も持ってきていなくて、外で調達しなくてはいけないので……」

「私のお弁当をあげますよぉ」

「それではマリアベルさんの分が……」

「大丈夫ですぅ。今ダイエット中なんでぇ、一食抜いたくらい大したことではないですぅ」

これはいよいよ逃げ道がなくなってきた。逃げようとしてもその逃げ道を悉《ことごと》く潰して、何が何でも話を聞き出すつもりだ。

しまいにはリンジーの顔の両脇の壁に手を伸ばして、物理的にも逃げづらくしている。身長がマリアベルの方が若干高いために囲い込まれているようだ。

まるで、あの時のユーリのように。


「……あ、あの、マリアベルさ」

「なぁっっ!?　なななななななななな何やってるんだぁこの冷徹女ぁ！！！！！」

情事の時のユーリの姿を思い出して思わず赤面してしまいそうになった時、タイミングよくレグルスの怒声が聞こえてきた。その日常の声に一気に現実に戻されて顔から熱が引いていく。危なかった。今マリアベルの前で赤面などしたらどんな憶測をされるか分かったものではない。

ふぅ、と安堵の息を吐いたのも束の間、今度は別の厄介ごとがこちらに向かって突進してくる。

「お、お前、この冷徹女！　男にもてないからってとうとう女に走ったか!!　マリアベルちゃんが可愛いからって！　マリアベルちゃんが可愛いからって！　ふ、ふふふしだらなことをしようとするなんて!!」

レグルスのマリアベル愛は今日も健在らしい。どう見ても壁際まで追い詰めて襲っていたのはマリアベルの方なのに、彼の中では逆に解釈されている。しかも二人の間に強引に割って入って、マリアベルを庇うようにリンジーの前に立ちはだかる始末。どこまでもマリアベル本位な男だ。

「ちょっとぉ、レグルスさぁん！　今、リンジーさんに大事なことを聞いていてぇ……」

「大丈夫だ、マリアベルちゃん！　俺がこの毒婦から君を守ってみせる！」

「違うんですぅ！　私はぁ、リンジーさんにぃ団長とのことをぉ……」

「大丈夫だ！　大丈夫！」

何だろう、この二人のコントのようなやり取りは。話が噛み合っていない。

このまま二人の話の噛み合わなさを観察するのもいいが、いつまでもここでこうしているわけにはいかない。ストッパー役を探して執務室の入り口付近に視線を彷徨わせると、いた、お待ちかねのストッパー役がそこに。

『どうにかしてくださいよ』という視線をストッパー役に送ると、入り口の扉の前で傍観者に徹していたユーリは苦笑しながら手に持っていた資料一式を机の上に置いた後、その役目を果たしてくれた。

「いい加減にしろ、レグルス。あれはどう見てもソフィアランスがウォルスノー女史を襲っていただろうが。勝手に事実を捻じ曲げるな」

「そんなことないっす！　きっとこいつがマリアベルちゃんを唆《そそのか》して襲われるように仕向けたとか！」

「そんなわけあるか。それはあまりにもウォルスノー女史に失礼だろうが」

あまりのレグルスの言いように、さしものユーリも呆れかえっているようだった。その表情にレグルスもぐっと言葉を詰まらせる。ユーリにそこまで言われて尚も言いがかりをつけるほど彼も愚かではない。ユーリの言葉に従って、ここは大人しく引き下がることにしたようだった。まだリンジーに物申したい感じではあったが。

「それで？　ソフィアランスは何でウォルスノー女史に迫っていたんだ？　ちゃんと報告書は仕上がったんだろうな」

「もちろんですよぉ。ちゃぁんとリンジーさんに手取り足取り懇切丁寧に優しく教えていただきましたものぉ」

「…………ならいいが」

自分としてはそこまで誇張するほど優しく教えたつもりはないのだが、マリアベルの言葉に含みを感じる。しかも何故かユーリはその言葉に少しムッとしている様子。何なんだ一体とリンジーは首を捻った。

「それで早く報告書が終わったから、二人で遊んでいたわけか？」

「違いますぅ。あ！　そうだ！　ちょうど団長もいることだしぃ、お二人に纏めてお聞きしますねぇ！」

そう言ってマリアベルはユーリの身体を押して、無理矢理リンジーの隣に並べる。何が何だか分からない二人は互いに顔を合わせ、マリアベルはその光景に満足そうに頷いた。

「ではでは、お二人にお聞きしますぅ。お二人は付き合っていたりするんですかぁ？」

「はぁ!?」

「…………」

マリアベルの問いに何故だかレグルスが雄叫びを上げる。ユーリに至っては言葉も出ない様子だ。

「ななな何言ってるのマリアベルちゃん!!　そんなわけないじゃん!!　だ、団長と！　冷徹女が!!　つつつつつ付き合うなんてぇ！！！」

「お二人に聞いているんであってぇ、レグルスさんには聞いてないですぅ！」

喧しく騒ぎ立てて、『そんなわけはない』と必死に否定するレグルスに、それを鬱陶しそうにしているマリアベル。そんな二人を眺めながらどうしたものかとリンジーはユーリと互いに顔を合わせ考え込む。

「だって！　団長は……ほら！　あの伯爵令嬢！　その、シャロン嬢でしたっけ？　その人との縁談があるじゃないですか!!」

「あれはもうお断りした。シャウザー伯も了承済みだ」

「えぇ!?」

今度はユーリから与えられた新情報に混乱するレグルスは事実を上手く受け入れ切れないらしい。目をひん剥いて慌てふためいていた。

「それってやっぱりリンジーさんとお付き合いしているからですかぁ?」

それに色めきだったマリアベルが加わって、辺り一帯はカオス状態だ。

ワーワー喚く二人とそれを宥めるユーリを横目に見ながら、もういっそのことこの場の混乱に乗じて逃げてしまおうかとも考えた。仕事もあるし、今この手の話題は避けて通りたい。一歩後退って傍観者に徹しようとした。

けれど……

「いや、俺とウォルスノー女史は付き合ってはいない」

ユーリのその一言がリンジーの心を突く。

忘れ去られてしまった女である自分が、ここにいて『ユーリと付き合っているの?』なんて聞かれるような立場にいること自体可笑《おか》しな話だ。滑稽《こっけい》だと自嘲の笑みすら出てきてしまう。正義感に燃えてはいても、好きな人に誤解を与えるかもしれない噂は揉み消しておきたいのかもしれない。

「えぇ? じゃあ何で付き合ってもいないのに毎日リンジーさんを送り迎えしてるんですかぁ?」

そう、リンジーとユーリは付き合ってはいない。

それどころか自分はユーリの勘違いを利用して、真実を隠して何食わぬ顔で側にいるだけで……、と自責の念に押し潰されそうになった時、ユーリがあり得ない言葉を言い放った。

「それは俺がウォルスノー女史を口説いている最中だからだ」

はっきりと、淀みもなく。

驚き過ぎて言葉が出ずにただ目を丸くし、飄々《ひょうひょう》と嘘を吐くユーリを見つめることしかできなかった。

「えええええええええ?!」

その代わりにレグルスとマリアベルがリンジーの心の叫びを代弁してくれたが。

レグルスとマリアベルもユーリの言ったことが突飛過ぎて驚いているが、リンジーはそれ以上だ。

いや、確かに先日『そういうことにしておけ』とユーリは言っていたが、あれは一種の冗談なのかと思っていた。そんな風に軽く躱《かわ》しておけ、という例を出してくれたのだと。

だが、まさか本当にそんな嘘を堂々とここで口にするとは。

(何を考えているんですか、団長!)

いよいよリンジーも混乱してきて答えを請《こ》うようにユーリに視線を送ると、それに気がついたユーリが爽やかな笑顔で
「な? ウォルスノー」

と、同意を求めてきた。どうやらここは話を合わせるところらしい。

とりあえずどうすればいいのか全く分からず目を白黒させることしかできないリンジーは、この

場はユーリに合わせることが得策だと判断し、矢継ぎ早にいろいろと質問してくるレグルスとマリアベルの言葉に頷いて答えることしかできなかった。


「と、まぁ、こんな感じで言っておけば問題ないだろう？」

「どこが問題ないんですか問題ばかりじゃないですかむしろどこをどうとったら問題ないと言えるんですか」

能天気にそう言ってのけるユーリにムキになって言い返す。

本当、何をどう思えばあの発言が問題なしと思えるのか。ますますユーリのその思考回路が理解できない。それともやはり自分が考え過ぎなのだろうかと己の感覚を疑ってしまいそうだ。……いや、おかしくない。自分の危機管理能力は正常なはずだ。ユーリが楽観的なだけだ。

こうやって本日も帰り道を送ってもらっているわけだが、これも実はまずいのではと、少し距離を取って歩くべきなのかと考えてしまう。

「だって本当のことを言うわけにはいかないだろう？」

「それはそうですけど。でももう少し信憑性を持たせた話の方が……」

「あるだろ？　信憑性」

「ないですよ全然。周りも疑うレベルの嘘ですよ」

「そうか？」

『そんなことないと思うけど』と首を捻るユーリの感性が全くもって疑わしい。マリアベルもレグルスもあんなに驚いていたのをもう忘れてしまったのか。ここは心を鬼にしてユーリに危機感を持たせるべく、現実をしっかりと説明するべきだろうか。むむむ、と難しい顔をして考え込んでいるとユーリが『ぷっ』と噴き出した。

「そう難しく考えるな。ただ、俺がそういう言い訳をつけてでもお前の側にいたいってだけだ」

柔らかく微笑むその顔。優しく頭を撫でるその手。そんな風にされてしまうと勘違いをしてしまいそうになる。そんなはずはないのに、自分に気があるかのように思わせるその言動。それを無自覚にしてしまうから厄介だ。本当罪作りな男。こうやって今まで何人もの婦女子を堕としてきたに違いない。

「けど、いいんですか？　勘違いされたら困る相手もいるんでしょう？　……その、好きな女性とか」

頭を撫でるその手をそっと跳ね除けて、そっぽを向く。

今更だが、あの時夜遊びをやめてしまうほど本気になっている女性がいると言っていたのに、こんな風にリンジーと噂になってしまっていいのだろうか。少し不貞腐れた気持ちになってそう聞くと、ユーリは『問題ない』とはっきり言う。

「そいつ、多分俺のこと何とも思っていないだろうし」

そう少し寂しそうにユーリは苦笑する。

（それでも団長はその人のこと、好きなんだ……）

その想いの深さを感じ取ってしまう羽目になって、考えなしにあんな質問をしてしまった自分を悔やんだ。それと同時にどんなに自分がユーリの側にいようとも、その女性には決して勝てやしないということも。

悔しい。妬む気持ちも生まれる。

けれどもその女性と結ばれてユーリが幸せになってくれるなら。そう思うと応援したくなる気持ちもある。

いや、でも、やっぱり……。

もう自分が何をしたいか分からない。

この後、ユーリとの関係をどうしていきたいのか。あの夜のことを自分の中でどう決着をつけたいのか。答えをユーリとの時間の中で見つけられるかもしれないと期待しているのか。分からないから今一緒にいるのかもしれない。

それともこの微温湯《ぬるまゆ》のような関係をずるずると続けて、前にも後ろにも進まず心地よい位置に甘んじていたいのか。

自分はこんな曖昧なことに甘んじるような人間だったろうか。これが仕事だったらこんなの絶対赦しはしない。絶対に決着をつけているはずだ。

なのに今は心の中でこの関係がこのまま続けばいいのにと思っているなんて……。

こんなこと、ダメなはずだ。はっきりとさせるべき。

でも、今はそれが怖い。それが正しいことだと分かっているのに。

「それにな、どうやら今度の合同演習のことなんだが少し大事になりそうな感じなんだ。一緒にいるのはその予防策でもある」

物思いに耽《ふけ》っていたリンジーに不意に少し緊張したユーリの声が落ちてくる。ふと見上げると、声と同様に顔も緊張しているかのように硬かった。

「きなくさい感じですか？」

「というか、シュゼット殿とガルフィールド公が乗り気でな。それはいいんだが、モルギュスト殿をバドルード長官の目の前で糾弾しようって腹積もりらしい。ノールや他の連中も同じらしく、もしかすると当日荒っぽくなるかもしれない」

「……そうですか。確かにミリオンドレア団長もガルフィールド団長を引き合いに出してましたし、バンギリアムさんも長官に陳情する動きがあるって仰ってましたから。なるべくしてなった感じではないでしょうか」

「俺としてはできれば穏便に済ませたかったがな」

はぁ、と重く溜息を吐いて頭を掻く。心なしか少しムッとしているように見えなくもない。

「多分一番とばっちりが来るのはお前だろう？」

「え？」

思ってもみない言葉を言われて戸惑った。

確かに当日モルギュストが糾弾《きゅうだん》されて逆恨みでもした場合、その矛先は立場の弱いリンジーにくる可能性が高い。それは重々承知しているが、まさかユーリがそんな理由で反対しているとは思わなかった。

嬉しいと思う反面、面映《おもは》ゆい。

「……だから口説いているなんて噂を流してでも一緒にいるんですか？」

「まぁな。でも、それはあくまでもついでだ」

フッと笑って、リンジーの後頭部をさらりとあの大きな手で撫でる。

「嫌だったらお前は一緒に来なくてもいい。俺達がちゃんとやる」

確かに今回の合同訓練の場にリンジーがいなくても目的のことはやってのけるだろう。けれども……。

「いえ、私も行きます。次官は目上の人に対して取り繕うのは得意ですからね。馬鹿にできる人間を側に置いていた方がボロも出やすいと思います」

「それはお前を囮《おとり》にするみたいで気が進まない」

「そうでないにしても騎士団の担当は私ですよ？　ここにきて仲間外れは嫌です」

「仲間外れって……、お前なぁ」

子供が駄々をこねるようにむくれてみせると、それを見たユーリは苦悩しているように眉を寄せ天を仰いだ。何か小さな声でブツブツ言っているのが分かる。

「とにかくシュゼット殿とガルフィールド公にはあまり刺激しないようには言っておく」

そこまで気を張らなくても、こちらとしてはモルギュストの言いがかりや罵倒は常のことなので慣れっこだ。

「過保護ですね」

少し揶揄《からか》うようにユーリに言うと、彼はふわりと優しく笑う。

「言っただろう？　お前を守りたいんだって」

きっとユーリにとってはその言葉や表情は何気ない、特に意図したものではないのだろう。それはリンジーだって承知しているはずだった。

けれども心臓が馬鹿になったみたいに高鳴っている。

まずい。

こんな甘いの、まず過ぎる。無自覚なのが更にたちが悪い。

曖昧にしたくないって思ったばかりなのに、この甘さを手放したくないって欲が次から次へと生まれてくる。

ユーリのこの甘さは毒のようだ。それも中毒性の強いやつ。それを知れば知るほど溺《おぼ》れていきそうになる。

（あぁ、もうどうしたらいいの……）

この今の二人の状況、そして赤面したこの顔。

どちらも今のリンジーには手に負えるものではなかった。


秋の夜風が離れていったユーリの手の温かさを奪っていった。かさかさと風に吹かれた枯れ葉が音を立てて夜道を転がっていく。

街路樹はもう黄色と茶色の斑模様になり、その葉の数も減らしている。

もう季節は初秋と言っていいだろう。冬の足音がもうすぐ聞こえてきそうだった。

リンジーは、不意に部屋の壁にハンガーにかけられている外套を思い出した。あの夜、こっそりと拝借したユーリの外套だ。

いまだに返すこともできずに壁にかけられたまま。部屋に帰ってそれを目にする度に『いつ、どうやって返そうか』と考えるのが目下最近の日課になっている。このまま曖昧な関係でいる限り返す日はないのだろうけれども。

きっと今日も家に帰ったら同じ事で悩む。

そして、おもむろにそれに手を伸ばしてそっと顔を埋め、先ほどまで一緒にいた愛おしい人を思い浮かべ、あの夜の残り香を感じるのだ。

◆◆◆

「んで、そんなカッコいいこと言ったのはいいけど、ちゃんと肝心なことは伝えたわけ？『その好きな人はお前だよ』って」

「――――…………いや」

俯いて絞り出すかのような声でそれを否定すると、ガンっと店の安テーブルが揺れるほどの衝撃と音が、そして深い深い呆れたような溜息が聞こえてきた。

「お前ねぇ……、ビビりなのもいい加減にしろよ」

「仕方がないだろう。今は何かとタイミングが悪い」

言い訳がましく聞こえるかもしれないが、本当に仕方がなかったのだとユーリは思う。何せあの時はいまだにリンジーに女遊びの激しい奴と勘違いされていたので、その誤解を解くのに必死だったのだから。今はそんなことは一切止めて、好きな人を一途に思う男だとまずは先に伝えたかった。

それに加えノールグエストが言うように『好きなのはお前だ』とリンジーに伝えなかったのは、言葉の通りタイミングが良くないと思ったからだ。

彼は知らないが、リンジーは最近男から無体を働かれている。誰かが彼女を自分勝手に蹂躙したのだ。

それを知って、どうしようもない憤りと後悔とその男への殺意が湧いたが、今は彼女の側にいて守ることに決めた。半ば強引ではあったが断られても諦めるつもりはなかったし、もちろん犯人を密かに見つけて制裁を加えるつもりでもある。

ただ、そんな傷ついたリンジーの側に邪な思いを抱いた男がいるというのは、彼女にとっては恐ろしい状況なのではないだろうかと思ったのだ。そんな思いをこれ以上彼女にはしてほしくない。ましてやその原因が自分であるなど言語道断。

だからこそ、その先の言葉を飲み込んだ。一途《いちず》な気持ちがあるのだと知らせるだけに止まったわけだ。

と、一応言い訳をしながらも、ビビっているのは事実なのでこのノールグエストの言葉は地味に胸に痛い。幾度と言われた言葉ではあるものの、それに深く諦めの混ざった溜息が合わさってくると、さしものユーリも泣きたくなるというものだ。

「何だよもう……。最近ウォルスノーちゃんのこと口説いてるって噂になってるから、ようやくヘタレ脱却かって思っていたのに結局ヘタれたままかよ。噂はガセ？　いや、でも毎日ウォルスノーちゃんのこと迎えに来てるよな？」

「それは、一応警護として一緒にいるんだ。今度の合同訓練の時の話が万が一モルギュスト殿にばれてしまった場合に備えてな。もし、狙われるとしたらどう考えても彼女だろう。それで、一緒にいても不自然ではないようにわざと噂を流してだな……」

「とか何とか言いつつ、お前さんの下心が丸見えなんだけど。それで少しはウォルスノーちゃんに意識してもらおうとか思ってんだろ、どうせ」

「………」

何故分かる。ノールグエストの鋭いツッコミに戸惑う。

確かにそういう気持ちがあったのは否めない。リンジーは冗談か全くの嘘と思っているが。

今はそう思ってもらっていた方が怖がらせずに済むし側にいることができるのでいいが、いつか彼女の心の傷が快方に向かった時に少しは意識してくれたらいいなという打算はあった。つまりは外堀から埋めて行こうという他力本願な作戦。

「いやー、ヘタレの上にむっつりとは恐れ入る。こんなんに好かれたウォルスノーちゃんが可哀想。逃げてー！　ウォルスノーちゃん逃げてー！」

「煩い、ノール」

「モテる男だから手練手管は知っていても、自分から攻め込んだことがないから上手く生かせてないとか。何だか俺、涙が出てきちゃったよ」

「おい」

「そんな小細工なんかせずに真正面から攻め込んでいいことだろう？」

「それは、そうだが……」

手に持っていたビールジョッキの中のウィスキーを一気に口の中に流し込む。

ノールグエストにこの下町の酒屋に誘われるまでワインを好んで飲んでいたが、ウィスキーの美味さに目覚めてしまった。安い酒ではあるが飲んでみると意外に好みの味だった。悪酔いをしてしまうが、けれども出される料理との組み合わせは抜群。家での高級な食材を使った肩の凝るようなマナーを駆使しながら食べる食事とは違って気軽に食べられるのがまたいい。

安酒と酒場料理の良さを教えてくれたのはノールグエストだ。こうやって頻繁に連れて行ってもらうことが多くなった。

そしてその度にノールグエストとのお喋りに興じて、時には愚痴を零す。主にユーリの愚痴が多いのだが。


毎回ノールグエストはユーリに言う。

『ヘタレが』と。

自覚はしている。その通り自分はヘタレだと。自分でも気がついていなかったが、存外恋愛が下手なのだということにも気がついてしまった。本気の相手だと尚のこと、慎重さが増して今までのように無謀なことはできない。


自分がリンジーに恋していると気付いてしまった時から、いやそれよりももっと前から思っていた。あの小さな身体を己の身体ですっぽりと覆ってしまうように抱き着いてみたい、あの紫水晶の瞳にずっと囚われていたい、縺《もつ》れることなくさらさらと流れる黒髪に触れて優しく撫ぜてみたい、口紅など塗らなくても桃色に色づいている美味しそうな唇にも貪りつきたい、と。要はそういうものが許される唯一の男になりたいのだと。

彼女の中の唯一無二の男。ユーリがリンジーに望むのはそれだ。仕事の仲間の一人ではなく、一人の男として求められその身を委ねられ、そしてまた自分の心を預けてもいいような関係が理想だ。もちろん仕事で頼られる今の関係もいいのだが、やはりどこかでそれだけでは足りずに飢えを感じてしまっている自分がいる。ただ仕事で会えるだけでは満足できない。プライベートな時間も共にあることができたのならどれだけ幸せなのだろうかと思うと、今の距離ではもどかしい。

けれども、いかんせんリンジーの心が計り知れない。愛おしさは一方的に募れど、それを相手が望んでいないと思うと尻込みしてしまうのだ。

彼女は普段はほとんど表情を変えない。すらりと緩いカーブを描く眉は一時として下がることはなく、目尻も口端も同様に縫いつけられたかのように相好《そうごう》を崩されることはないのだ。仕事に真面目で自分にもそうだが他人にも妥協は許さない。そのためか口調も堅く率直に相手のミスを指摘するために、厳しく冷たい女性と見られる。綺麗な顔をしているために殊更冷ややかにみせる。レグルスがリンジーを『冷徹女』と呼ぶのもその所以なのだろう。

初めはユーリもリンジーのことを『真面目で冷たい女』だと思っていた。

他の女性とは違ってにこやかではないし、話すのは仕事のことのみで女が好きそうな雑談一つしない。前任者であるノールグエストからリンジーが同僚に嫌がらせを受けているという話を聞いて気にかけてみても、落ち込んだり辛そうな素振りも見せない。ノールグエストが大げさにとらえ過ぎているのではないかと疑ってしまうほどに、彼女の言動はいつも通り仕事に真面目で一分の隙もない振る舞いだった。

女というものは辛ければすぐに泣くし、誰それ構わず愚痴りたくなるものだ。それを利用して男と親密になろうとする強かな女性もいる。けれどもそのいずれの行動も取らない彼女は……、と考えると、なるほど、男所帯である役所に女だてらに入省するような女性は、機械のように動きなにごとにも揺るがない鋼のような心の持ち主でなければ務まらないのだろうと自分勝手に解釈していた。


けれどもそんな安直な考えを打ち破られたのは、それからすぐのことだった。

渡り廊下脇の東屋で偶然見かけた彼女の姿。

担当官なのだから挨拶くらいしておくべきかとそのくらいの気安さで足を運んだ先で見てしまった、心打たれる光景。


リンジーが泣いている。


その横顔を見た瞬間に、自分の常識が全て覆ってしまったかのような衝撃を受けた。

正確には涙は流していない。目の縁に溜まった涙を零さないように必死に耐えている。力が入って眉は吊り上がっているし口も真一文字に結ばれていて、時折震えもした。ひたすらに池に浮かぶ蓮の花だけを見つめ己を懸命に律するその姿。駆けつけて目に浮かぶその涙を優しく拭ってやりたかった。睫毛の上で震えるあの綺麗な涙を。

彼女の涙に吸い寄せられるように更に近づき名を呼ぶと、彼女はその声に一瞬肩を震わせ俯いたが、次に顔を上げた時にはもうその目のどこにも涙などはなく、いつもの真面目で冷徹な『ウォルスノー女史』がそこにはいた。

素直に泣きたいなら泣けばいいのに。

辛いなら辛いと言えばいいのに。

己の感情を他者には見せずに強がる彼女の姿は高潔で、でも脆弱《ぜいじゃく》にも見えた。その時それを自分の手で全てを壊してやりたいという衝動が生まれてきたのだ。己を取り繕うような強さも冷徹な仮面も全部無理矢理剥がして、この腕の中で声が嗄《か》れるほど泣かせてみたい。そして身も世もなく泣き縋る彼女に歪んだ愉悦を覚えながらそっとこの手を差し出し、あの滑らかそうな黒髪や華奢な背中を撫ぜて癒すのも自分だ。この腕の中でポロポロと流す涙を掬《すく》いあげ、拭い、そして自分だけのものにするのも。

今ここにいるのが自分でよかったと心底思う。もし、その役目が他の男に奪われでもしたらと思うと気が気ではなくなる。この場にいたのが自分ではなく他のリンジーに想いを寄せる男だったとしたら。もし、彼女がそんな姿を見せるのが自分以外の誰かだったとしたら。それを想像するだけで苛立ちと焦りが生まれてきた。

他の男に弱みを見せようものなら二度とそんなことができないように何処かに連れ去ってしまいたい。それが赦されるのは自分だけだ。自分だけにしてほしい、リンジーがそれを赦すのは。他の男など絶対に認めたくなどなかった。

その想いはドロドロとした欲の中に肉欲も相交じり、ユーリの中で抗《あらが》い難いものに成長していく。

熱く滾るそれにゴクリと唾を飲み込んだ。

今、自分はとんでもなく欲にまみれた醜い顔をしているんじゃやないだろうか。今はだめだ。それを彼女にそのまま見せることなどできない。

ぐっと醜い欲を抑え込み、紳士の仮面を被った。


『何かあったのか？』

そして親切な振りをして、リンジーの隣に座ったのだ。


正直な話、この時はまさか自分がリンジー・ウォルスノーに恋をしたとは思わなかった。ただ、普段とのギャップにやられて男の本能が顔を出したのだとばかり思っていたのだ。

けれども仕事でリンジーと会う時、やはりこの真面目な顔を崩してみたいと思うし冷徹に装っている姿も壊してみたくなる。あの時と同じような男の本能のような欲が湧き起こり、自分の腕に閉じ込めて全てのものから覆い隠したくなる。

何なんだろう、この訳の分からない感情は。

正体不明の感情に戸惑い首を傾げ、そしてそんな自分を曝け出さないようにリンジーの前では紳士の仮面を被る日々。どんな女性と出会って共に甘い時間を過ごしてもそんなことにはならないのに、何故リンジーにだけこのようなことになってしまうのか。


悩んで悩んで、ついにはノールグエストに相談するまでに至った。

結局のところ、ノールグエストの、

『それ、恋じゃね？』

の一言にヒントを得て、答えに辿り着けることができたのだが。

じゃあ答えも分かったことだしこの恋を成就させるために動くかといえば、そうでもなかった。前述のとおりビビったのだ。それも盛大に。

果たして自分への恋心を抱いてくれるのだろうか。それを推し量るバロメーターが分かりづらいのだ、リンジーは。

真面目な仕事態度も崩さなければ、何を一緒に話してもあの冷徹な顔から些細な自分への好意どころか変化すら見ることができない。女性に言い寄られることが多かったユーリとしては若干自信をなくしてしまう事態だ。

こうなると地道にこちらに目を向けさせるしかないのだが……。

しかし基本的なスタンスとしては受け身のみで自分から女性を誘うということをしたことがないユーリには、どういう言葉で誘いどのように口説き落としていけばいいのか分からない。黙っていても女が寄ってくるという状況に甘んじていた結果だろう。

それに関しては自分が口説かれるのを聞いてそれを応用したり、夜会で男が女を口説く様を見て勉強したりもして努力を惜しまずにいるのだが……。

その結果が先日の食事に誘った件であり、今回の中途半端なアピールだった。

「彼女が俺のことをどう思っているか分からないのに、真正面から攻め込むとかハードルが高いというか」

「いやいや、お前ねぇ……。もっと根本的な問題でしょうよ」

「根本とは？」

足元が全く見えていないと指摘されて、思わず聞き返す。何も自覚がないユーリにノールグエストは深い溜息を吐き、ビシリと人差し指で指さしてきた。

「お前、心のどっかで歯止めかけてるだろ。だから肝心な時に一歩踏み出せない」

「…………」

痛いくらいに的確に指摘された。急激に酒が辛《から》く感じてくる。

「まぁ、あれだろ？　お前はさぁ、やっぱ行きつく先が結婚ってなると足踏みしちゃうんだよな。ようやくそう思える相手に出会えても躊躇《ためら》いが生まれる」

「…………」

「原因も分かってるんだろ？」

ぐうの音も出ずにむっつりと黙り込む。

ユーリがこうなってしまった原因など、一つしか思い当たらない。

「自分の両親を見て結婚に絶望して女に言い寄られて遊びはするものの自分からは一切追いもしなかったお前がさ、初めて一緒にいたいって思う相手を見つけて結婚したいって思うようになったんだろ？　そのために父親が持ってきた縁談も、シャウザー伯爵に頭を下げて断ってよぉ」

全く自分はこの男にどれだけ愚痴てきたのだろう。ユーリの人生の全てをまるでその目で見てきたかのようにノールグエストが話していることに何一つ間違いなどない。

ユーリの結婚観、しいては女性観を歪めたのは両親だ。

両親は貴族によくありがちな政略結婚で、両者の間に初めは愛情などはなかった。父は利益や世間体のために母を娶り、母は言われるがままに嫁いで義務を果たすかのように兄のレオンとユーリを産んだ。その後、二人の仲は泥沼にはまっていく。

父が外に愛人をつくったことが発端だった。もともと好色な男だったが、跡取りをもうけるという結婚における義務を果たしたことで抑圧されていたものが一気に噴き出してしまったのだろう。母が止めても家令が諌めても父は耳を貸すことなく、毎夜女のところへと通っていく。

そんな父の後ろ姿を見て、母はいつも涙を流していた。

数年夫婦として共に暮らしていく中で、母は父に愛情を抱いていたのだろう。自分ではない他の女のところへと夫が向かう哀しさや悔しさ、嫉妬、憎しみ。それらが織り交ざった女としての涙をはらはらと流し、父の前でさめざめと泣いて見せる。その姿に父は嫌悪に顔を歪め、母を置いて去っていった。

そんな様子を側で見ている自分。母にどれだけ慰めの言葉をかけても耳を傾けてはくれず、ただ泣き暮れるのを見ていることしかできなかった。

父を思い咽び泣き、病によってこの世を去るその時まで愛憎に苦しめられていた母は、ユーリにとっては母ではなくただの女だった。

結婚は泥沼。通い合わぬ愛は、周りを巻き込んで人生を狂わす。それがユーリが両親から得た結婚観だった。

政略結婚はごめんだ。両親と同じ轍《てつ》は踏まない。だから今回父が持ってきたシャウザー伯爵令嬢との縁談も断った。父は顔を潰されたと激怒していたが。

恋愛結婚も絶望的。女性が感情的になったり泣きそうになると途端に気持ちが冷める。微笑む姿も喜ぶ姿も媚びる姿も、いつか行きつく先が母と同じようなものになると思うとおぞましいものに感じてきてしまい、深い仲になることを避けた。

誘われたら乗るだけ、自分からは追わない。深く関わろうともしない。そんなユーリが女性と長続きするわけもなく、恋愛感情も湧き起こってはこなかった。おそらく自分は一生結婚などできないのだろうと思っていたし、それでもいいと思っていた。

そんな自分がリンジーに恋をした。

まさに青天の霹靂。自分にまだそんな甘酸っぱい感情が残っていたことにも驚いた。

あんなに厭っていた女性の泣く姿、リンジーならむしろ自分のために泣いてほしいと思う。心乱して感情のままに表情を変えてほしい。それすらも愛おしいと思えてしまうのだから、相当やられている。

彼女を自分だけのものにしたい、誰にもあの涙を見せないでほしい。見合いだなんて以ての外。リンジーから話を聞いた時、腹の中からどす黒い感情が渦巻いて、その場でリンジーに詰め寄りたかった。それをすんでのところで押し留めていたのは、そんなみっともない姿を見せてリンジーに嫌われたくないという複雑な男心だ。

彼女の前ではいつだって紳士でいたい。仕事の時とは違った欲にまみれた顔を見せたら軽蔑して嫌われてしまうのではないか、以前まで自分が女性達に向けていたような嫌悪感を、同じようにリンジーに向けられたらと思ったら恐ろしい。まるでしっぺ返しを受けているような気分だ。

「本当、いつまでも手をこまねいていたらあっという間にどっかの馬の骨が連れ去っていっちゃうぞぉ。結構人気があんのよ、うちのウォルスノーちゃん」

「…………知ってる」

彼女をそういう目で見ている男がいるというだけで腹立たしいが。彼女の魅力は自分だけが知っていればいいのに、あの見た目だ、飢えた男共が放っておくわけがない。それでも彼女のストイックさにビビって手を出せないヘタレが大半だが。もちろん自分もその大半の男のうちの一人だ。

「あのさぁ、この年で男女のお付き合いをするってことはもちろん結婚前提なわけで、それをゴールに設定しちゃうと途端にビビるっていうお前の気持ちは痛いほど分かるよ。怖いよな、結婚って。他人同士が一緒に住んでまた一から家族をつくるんだぜ？　不安がない奴がいるかよ」

「けれどもお前はオリヴィエ嬢と付き合ってから結婚まで早かったじゃないか」

「そりゃあれよ、ヴィーの猛攻が凄かったからな。それでも付き合うまでは俺もいろいろ悩んだんだよ。知ってんだろお前も」

確かに傍目で見ていたから当時の二人の様子は知っている。

ノールグエストは貴族の庶子《しょし》で、前バンギリアム伯がメイドに産ませた子供だった。彼が母親のお腹にいる時にバンギリアム夫人の計らいで屋敷を去り、下町で産まれ母親と後に結婚した養父と共に暮らしていたそうだ。

ところが彼が十一歳の時、あれから子供に恵まれることがなかったバンギリアム夫人が両親のところにやってきて、ノールグエストを跡取りとして引き取りたいと言い出したのだ。夫が病に倒れ、いよいよ後継者問題が深刻になってきたのだろう。このまま手を打たなければお家断絶というところまできて、夫人にとっては苦渋の決断であったに違いない。

両親とも話し合い、ノールグエストはバンギリアムの家に行くことにした。かつてバンギリアム邸を去る時に夫人が母の住むところや婦人科の医者を探してくれたこと、出産後の働き先の世話もしてくれたことを母から聞き、今自分がこうやって生きているのは夫人の力添えが大きかったのだと感じたからだとノールグエストは話してくれた。

こういう経緯でノールグエストは貴族の仲間入りをしたわけだが、それまで長年培ってきた庶民の生活を忘れたわけではなかった。むしろ忘れられずに、こうやって下町の大衆酒場に足繁《あししげ》く通うくらいだ。バンギリアム伯が亡くなり爵位を継ぎ、夫人も亡くなって一人で住む屋敷での生活は平民とは然程変わりない。家政婦を雇っているだけで使用人はいないし、料理や掃除、洗濯も休みの日は自分でする。およそ貴族らしからぬ生活を彼は好み、それをずっと続けてきた。

だがアウグスト伯の末っ子・オリヴィエがノールグエストに惚れて交際を申し込んできた時に、その生活のまずさを知る。

今まで一人で暮らしてきたからこそ貴族であれどそういう生活をしてこられたが、それが結婚して貴族令嬢を娶った場合途端に成り行かなくなる。家事というものを一切習ったことがなく、手にあかぎれをつくったこともない綺麗な手を持ったご令嬢であるオリヴィエにノールグエストと同じような生活を送るのは無理がある。もちろん彼は自分の生活スタイルを変えるつもりもなく、結婚するとしたらそういうことに慣れている平民の女性でもと思っていたので、オリヴィエの申し出は一度は断った。

ところが、それで諦めることができないのがオリヴィエという女性だった。

今までの生活を捨てて、ノールグエストに合わせて生活することも厭《いと》わないと言って、実際にその練習も始めたのだ。その一環が彼にお弁当を作ってくることで、今でもその愛妻弁当は続いている。よく一緒に仕事をした時に、愛妻弁当を見せられて惚気られたものだ。

その他にオリヴィエがリンジーに嫉妬してひと悶着起こしたりして付き合うまで紆余曲折があったが、結ばれてしまうと結婚までが早かったのがこの二人だ。婚姻をする時もどうやらオリヴィエの父ともひと悶着あったらしいが、ユーリは詳しくは知らない。

今では自他ともに認めるバカップルと相成った。


「お前はさ、結婚の行きつく先が両親のようなものであるって思うと怖い。だからお互いの気持ちが変わることなく幸せな結婚生活を送れると確信が欲しい。違う？」

「皆が思うことだろう？」

「あのよぉ、ユーリ。この世で絶対に愛情が薄れたり離婚したりしないって確信をもって結婚する夫婦ってどのくらいいると思うよ。ほぼゼロなんじゃねぇの？　俺も絶対の確信なんかなかったし、今だってそんなもん持っていない。結局結婚に踏み切る根拠っていうのは、『愛』っていういつ消えるか分からない不確かなものだろう？　ある意味博打なんだよ、結婚は。自分の一生を賭けた大博打。ま、普通の博打と違うところは、運だけじゃなくてお互いの努力が大いに作用するってことだな」

政治的な結婚は別として、一般的な結婚はそんな不確定要素の多いものなのかと驚く。バカップルと言われているノールグエストでさえも先のことは分からないと言っている。むしろ自分は慎重に考え過ぎていると指摘してきた。

　ユーリはリンジーに対しては失敗はできないと考えている。

　こんな自分が誰かに恋をすること自体奇跡的なことだ。彼女を逃してしまったら次はもうそんな女性は現れないかもしれない。そう考えてしまうとどうしてもノリと勢いで口説くことなどできず、慎重に相手の反応を窺いながら距離を詰めることしかできなかった。そういうところがヘタレと言われる由縁であるが、失敗してリンジーに嫌われるくらいなら敢えてヘタレの汚名を被る方がマシというものだ。

「お前さ、このままじゃその博打も打てないんだぞ。今回あいつにきていたお見合いは運良くながれたけど、もし上手くいってたらそういうチャンスをみすみす逃したってことになってたんだ。結局お前が動かない限り幸せな未来も不幸な結婚生活も訪れないってことだよ。待つのは平坦で無難な人生だ。それでいいのか？」

「いや、いつかはちゃんとこの気持ちを伝えてだな……」

「だからその『いつか』っていうのはいつだって話だよ。お前は幸せな結婚生活を必ず送れるって確信がなきゃその『いつか』は来ないんだろ？　だったらそんなん一生来ねぇよ。そんな確信を持てる日なんて絶対来ない。だから本当にウォルスノーが欲しいならお前はどっかで思い切らなきゃいけない。それをいつまでも先延ばしにしていると後悔するぞ」

　そうはっきりと言われて考え込む。

　きっとノールグエストは、このままいくとリンジーは他の男に嫁いでユーリは独身貴族コースだと言いたいのだろう。彼の言う通り、今のままではその可能性が大きい。

リンジーに見合いの話が来ていると聞いた時の、頭が沸騰するような感覚、怒り。それらを味わった今、現実味を帯びてきている。それと同時にユーリを支配するのは焦燥感だ。それこそ誰の目にも触れられないようにリンジーを隠してしまいたくなるくらいに。このまま何もしなければ、生涯それらの気持ちを腹の中に抱え後悔に苛まれながら生きていくしかないのだ。


不味い。

非常に酒が不味い。

あんなに美味しいと思っていたハイボールがいやに苦く感じるし、噛むと熱い肉汁がじゅわっと口の中に広がる豚の腸詰も今日は話し込んで冷めていて美味しくなかった。

こんな薄めた酒じゃ満足できなかった。ウイスキーをロックであおりたい。

「そんな落ち込むお前に、俺の奥さんの格言を授けるよ」

傍目で見て明らかに気分が下がっていったユーリを揶揄《からか》うようにそう言うと、ノールグエストは人差し指を立ててビシリとユーリを指した。

「『結構愛さえあれば世の中のこと何でも大丈夫なのよ』」

いかにもオリヴィエらしい言葉だった。らし過ぎてノールグエストと二人で噴き出したくらいだ。

世間知らずでいかにも貴族のお嬢様のオリヴィエだが、愛ゆえに今までの生活を捨ててノールグエストの側にいることを選んだオリヴィエだからこそ言える言葉でもある。

「お前の奥方は凄いな」

「おう！　俺の奥さんはすげぇんだよ」

酒場にはまた二人の笑い声が響き渡った。


そう、いつかはリンジーと歩みたいと思う未来がある。

今は自分一人で描いているものだが、この想いを告げそれを受け入れられたのなら、二人で描くものとなる。


けれども、今は。

彼女の側から離れず、彼女を傷つける何者からも守ってやりたいとそればかりを思う。そして、恐らく深く傷つけられてしまったのだろう心の傷を癒す手助けをしたいと。己の醜い欲など彼女の側にいるには不要のものだと封印もした。

横に並んで共に歩くような存在じゃなくてもいい。ただ、添え木のようなものでも彼女を支える一部になれるのであれば、それだけでよいと自分を戒めた。


もちろん、全て自分が仕出かしたことだとは露とも思わずに。

第五話

カタン、カタンと建て付けの悪い馬車の扉が音を立てる。椅子の革張りの部分は剥げて中綿が見えそうになっているし、ところどころの壁のへこみも酷い。もともと他部署で使わなくなったものをグロウスノアが貰い受け荷物運び用に使っていたのだから、傷みも激しいし人を乗せることを想定していなかったから手入れもされていない。

安易に予算が下りないせいで、余計なものを買うことができずにこういうところに皺寄せがきているのかもしれない。その意図的な財政難に申し訳ない気持ちになった。帰ったら早速荷台を購入できるように働きかけよう。

とりあえず、もう一台馬車を財務省の方で手配していて正解だった。

こんな、こう言っては申し訳ないが、襤褸《ボロ》馬車にバドルードを乗せるわけにもいかないし、騙し討ちのように連れてこられてご立腹のモルギュストが乗ろうものならあのタプタプとした二重顎を震わせながら怒鳴っていたかもしれない。二人にはもう一方の綺麗な馬車に乗ってもらい、リンジーはこちらの騎士団で用意した馬車に乗り込んだ。その際、しきりにユーリが馬車の乗り心地の悪さを詫びていたが大したことはない。辻馬車と同じだと考えれば特段居心地の悪さなどは感じなかった。

今朝予定よりも遅れて騎士団本部を出発したグロウスノアとサンドリオンの騎士団一行は城下町

を通り抜け、今は城下町西にあるザヴォレーの森の中。この森を抜ければゼリオン平原だ。

今日はグロウスノアとサンドリオンの合同訓練の日。

バドルードとモルギュストを招待して、騎士団の実情と軍事演習の必要性を訴えるために用意された舞台でもある。

晴れてモルギュストへの騙し討ちは成功した。

事前にバドルードにモルギュストには内密にと言っておいたし、騎士団の中でも緘口令《かんこうれい》はしいていた。もっともモルギュストにいい感情を持っている騎士など皆無なので、そこから漏れる心配はなかったが。

今朝、出勤と同時にバドルードに呼び出されたモルギュストはそのまま連れ出され、上司に今日は騎士団の視察についてくるようにと言われて随分と焦っていた。禿げた頭のてっぺんから滴り落ちる汗をしきりにハンカチで拭いながら、自分が視察についていく必要がないことを説き、仕事がたくさん残っているので勘弁してくださいと食い下がる。それを横で聞きながらリンジーは『部下に面倒なことは任せて、自分は判子を押すか難癖をつけることしかしないくせに何が忙しいのだか』と冷ややかな視線を送っていたが、バドルードへの説得に必死になっていた彼は気付きはしない。

何としてでも行きたくないと頑張るモルギュストの言い分をバドルードは一つ一つ丁寧にかつ冷静に潰していき、言い訳が尽きたところで馬車に促した。他に何か問題でもあるのか、というような顔をして。あくまでも表面上は上司には逆らうことができないモルギュストはそれに異を唱えることができずに渋々馬車に乗り込んだ。その際、リンジーに嫌な視線を送っていたが。

このひと悶着のお陰で出発時間が遅れてしまい、出発前にそれをユーリとシュゼットに詫びた。シュゼットはモルギュストのやり込まれようがツボに入ったらしく、終始笑い転げていて話を聞いてるのか分からなかった。ユーリはこの程度は問題ないと言ってくれた。

実はリンジーも実際騎士団の大規模な訓練を見るのは初めてだ。

いつもとは違う、団長らしい勇猛な姿のユーリを見れるのは嬉しいし、あの小煩くてただのマリアベル馬鹿のレグルスが真面目に剣を持っているところなど想像ができないので是非この目で拝見したい。

バドルードへの陳情もそうだが、訓練を直に見ることができることに気分が高揚しているらしい。身体が火照って熱くなってきた。

少し換気が必要だと小さな窓を開ければ、少しひんやりとした、それでいて爽やかな風が入ってくる。森の木々の香りがする。子供の頃によく遊んだ、随分と久しい匂いだった。

「ゼリオン平原というのは私の想像より遥かに広いところなんですね」

バドルードが茫洋《ぼうよう》とした風景を眺めながら呟く。ちょうどリンジーも彼と同じような感想を抱いていたところだった。確かに広い。地平線が見えそうだ。

普段、ゼリオン平原は立ち入り禁止になっている。

四半期に一回行われる合同訓練で地面が踏み荒らされ武器などで抉られてしまうために、安全面の理由から封鎖をしているのだ。だからリンジーもバドルードも、興味なさそうにしているが恐らくモルギュストもこの目でゼリオン平原を見るのは初めてのことだった。

「午前中は普段通りの訓練をします。お昼を挟んでグロウスノアとサンドリオンで模擬戦を行っていく予定です」

訓練の邪魔にならないように森の入り口付近にテントを構えて座っていたバドルード達にシュゼットが今日一日の流れを説明していく。紙面上ではその訓練の内容を理解しているつもりだったが、なるほど実際に目の当たりにするとなるべく実戦に近いようにしていることが分かる。

両騎士団は平原の端と端に分かれて、元から平原に設置されている二つの櫓《やぐら》の後方に陣を構えている最中だ。あの櫓は可動式になっていて、実際敵がここまで攻め込んできた時に防衛線として使うのだそうだ。できればもう少し数を増やしたいとシュゼットはバドルードに言っていた。

主にここで訓練するのは弓や投石。狭い城内の訓練場ではできないことをやっていく。弓などは固定されている的に当てるだけなら簡単だが、実戦は動く人を相手に的を絞るのでこういった訓練は大事なんだそうだ。投石も然り。こういうところでしか練習はできない。

あくまでも訓練なので剣の刃は潰してあるし、槍や矢の鏃《やじり》は外して布を多重に巻きつけて人を傷つけないようにしている。

そういったこの合同訓練の内容とともにその必要性をシュゼットが説明しているのを、バドルードは興味深そうに聞いていていた。

それに対照的なのはモルギュストだ。シュゼットが話している間、太い眉を吊り上げて不快そうに顔を顰めていた。貧乏揺すりをして途中途中でわざとらしく溜息も吐いている。明らかにイライラしているのが分かった。

「そんなことに金をかけて何になるんだか」

他に聞こえないようにそっと呟いたつもりだったのかもしれない。それでも近くにいたリンジーにはそのモルギュストの愚痴が聞こえてきてげんなりとしてしまった。

それが不覚にも顔に出てしまい、その様子を見たモルギュストの怒りの矛先がこちらにやってきた。今にも悲鳴を上げそうな椅子からおもむろに立ち上がり、リンジーの側までやってくる。

「お前、今日のことを何故私に事前に報告しておかなかった」

腕を組んで小声で怒鳴ってくる。

本当は喉が潰れるくらいに怒鳴りたい気分なのだろうが、バドルードの手前それが憚《はばか》られるのだろう。禿げた額に浮き出た血管がぴくぴくと震えて相当我慢していることが窺える。

「いえ、私も今朝方バドルード長官に同行するように言われたものですから、次官に事前に報告はできませんでした」

これは事前にユーリを介してバドルードと口裏を合わせている。モルギュストが確実に怒りの矛先をリンジーに持ってくるのが分かっていたので、いくつかの弁明は用意済みだ。

「何で騎士団は突然長官を訓練に誘ったりした。何を企んでいる。お前もあいつらの目的を知っているんだろう？」

「私には分かりかねます。ただ騎士団が如何なる組織なのかを次官や長官に知っていただきたかったのでは？」

彼も今自分が置かれている状況が芳《かんば》しくないと分かっているのだろう。随分と切羽詰まった顔をして問い詰めてきた。

ちらりとバドルードの方を見れば、いまだにシュゼットと熱心に訓練について話し込んでいる。

この状況を気付いてもらうというのは期待できないようだ。

「嘘を言うなよ、ウォルスノー。さてはお前も共犯か？」

「共犯とは？」

「恍けるなっ」

怒鳴るモルギュストの口から唾が飛ぶ。それを避けるために後ろに一歩下がると、モルギュストも一歩詰め寄ってきた。

「お前、騎士団の連中と結託して長官に何か吹き込むつもりだろう！」

吹き込むとは人聞きの悪い。ただ純粋に騎士団のことを知ってもらいたいという気持ちから出たことなのに。もちろん他の思惑も込みのものではあるが。

ユーリには二人に話すのはこちらでするのでリンジーの口からは何も話さないようにと言われている。とにかく今は時間稼ぎが必要だ。二人にはしっかりと訓練を見てもらわなければ意味がないのだから。

「次官、落ち着いてください。ただ一緒に訓練を見に来ているだけじゃないですか」

モルギュストを宥めるようにそう言うと、彼は更に憤る。だいぶ疑心暗鬼になっているらしく、しきりに『嘘だ。ちゃんと話せ』と言い続けていた。人間疚しいことを腹に抱えていると他人を自分と同類にしたがるものなのかもしれない。

「ともかく長官を連れて帰るぞ！　こんなところにはいられん！」

「ですが長官は今回直々に招待を受けてこちらに来たわけで、次官の一存では決められないのでは」

「喧しい！」

どうあってもこの場から去りたいモルギュストは必死だ。このままでは強引にバドルードを連れて行って馬車に乗り込んでしまうかもしれない。バドルードは小柄でひょろりとした体格で、身体に肉や脂を十分に乗せているモルギュストが引っ張れば簡単に連れて行かれるのではないだろうか。少し、まずいか。

多少の危機感を覚えてここはシュゼットに助けを求めようと目線を巡らせた。

ところがここで森の方角からだんだんと馬の蹄《ひづめ》の音が聞こえてきた。それにモルギュストも気がついたようで、煩わしそうにその音の方向に振り返る。

森の中を疾走するように駆け抜ける漆黒の馬。

それに騎乗している人が誰なのか、それを知ろうと目を細めて凝視する。そしてその正体が分かった時、酷く驚いた。それはモルギュストも同じだったようで、その人物が走る馬を手綱で制止させ目の前に止まった時にはもう言葉が出なかった。

「おお〜！　これはどうやら間に合ったようだの」

そう嬉しそうに言う騎乗の人物を見上げ、その綺麗に顎髭を整えた渋みのある精悍《せいかん》な顔を呆然と眺めた。

「……ガルフィールド公」

慄くようにモルギュストが呟く。

ネイウス騎士団の団長ルイ・ガルフィールド。彼の貴《か》き人が突如姿を現したからだ。

「あー！　ネイウスんとこの爺さんじゃないか！　遅いっての！」

「すまんなぁ、シュゼット。下の奴らにいろいろ仕事を押しつけていたらすっかり遅くなってしまった」

ガルフィールドの姿を認めたシュゼットは、バドルードとの会話を中断して叫ぶ。それに謝罪の言葉を述べながら馬から飛び降りたガルフィールドは走り寄ってきた騎士団員に馬を託すと、そのままシュゼット達の方へと向かっていった。

「何故ガルフィールド公までもここに……」

モルギュストの呟くような声を隣で聞きながら、リンジーはガルフィールドの登場はユーリ達の布石ではないかと考える。

隣で青褪めているモルギュストにとって一番逆らうことができないのは爵位が自分よりも上である人間。伯爵位の彼からすれば公爵であるガルフィールドなど恐れ多い相手だろう。この場にガルフィールドがいればバドルードよりも遥かに強制力を持たせて彼を留めておけるし、こちらの話も必死に聞くというもの。

ガルフィールドを持ち出すのは最終手段にと言っていたのに。ちらりとシュゼットを見やれば、悪戯がばれた子供のような顔をしてこちらに笑みを寄越してきた。どうやらシュゼットの仕業らしい。

「おい、そこのお二人。こちらに来て一緒に見んか？」

テントの隅っこに立ち尽くしていたリンジーとモルギュストにガルフィールドが声をかけてくる。その声にハッとしたモルギュストは先ほどまで不機嫌に歪められた顔が一変し、満面の笑みで手を擦りながらその声の方へと走って行った。

リンジーもその後を追い、ガルフィールドに挨拶をする。

テントの真ん中の椅子にバドルードとガルフィールドが座り、ガルフィールドの隣にモルギュストが座った。シュゼットはバドルードの隣にいてリンジーはそっとその斜め後ろに立ち、モルギュストと距離を取る。バドルードに『座らないか』と誘われたが固辞した。同じ列に座れるような身分でもない。

訓練が実際に始まるまではバドルードはシュゼットと話に花を咲かせ、モルギュストは終始ガルフィールドにおべっかを使っていた。今日の服装を褒めるところから始まり、馬や髭の形までよくそこまで褒め称えることのできる部分を探し出せたなと感心してしまうほどに彼の口はよく回る。こうやって前長官のナイルを落としてきたのだろうと思うと、その猫なで声が気味悪く思えてきた。


「そろそろ始まります。どうぞごゆっくり」

頃合いを見て声をかけて、シュゼットはサンドリオンの陣地に戻っていった。途中、騎士団の一人から大斧《バトルアックス》を受け取っていた。彼女の身長とほぼ同じ大きさのそれは恐らく彼女の武器なのだろう。それを軽々と持って肩に担ぐ姿は他の男の団員と引けを取らないほどに勇ましかった。

初めは各部隊ごとに準備運動をするらしく、走ったりストレッチをしていたりした。そのうちに各々が武器を持ち始め素振り、その後は二人組になって手合わせをしている。弓隊は別に奥の方で的に当てる練習をし始める。その奥で投石隊も準備をし始める。

この時はグロウスノア、サンドリオン双方の騎士が入り交じって練習をするので、グロウスノアの黒い団服とサンドリオンの赤い団服が斑に交ざっていた。ユーリもシュゼットも各部隊に足を運んで何か言っている。指示を出したりアドバイスをしているのだろうか。あのレグルスでさえいつものキャンキャン喧しいだけではなくて、真面目な顔をして剣を振っていた。

ほぼ毎日彼らと会うので人となりはそれなりに知っていたが、いざこういう場になるとそれぞれがいつもと違う顔を見せる。ハッとさせられるのだ。いかに自分が彼らの『仕事』というものを知らなかったかということを。

「何だか圧巻という言葉しか出てきませんねぇ。やはりこうやって自分の目で見ると、想像としていたものとは全然違う」

「実際の戦場はもっと違いますぞ。血腥《ちなまぐさ》く、戦場に立つだけでこの身体が慄く。いつ何時《なんどき》どこから敵の刃が飛んでくるかわからないという緊張感はなかなかに言葉にし難い」

経験したことのある者しか知らないその雰囲気や感覚を思い出しながら、ガルフィールドはその眼を眇めた。

御年五十八歳のガルフィールドは騎士団の中でも貴重な戦争経験者だ。近隣諸国と良好な関係を保っているマグダリア国はここ三十年は戦争から遠のいている。若者が多い騎士団の中で実際に戦争を経験したことある者は彼をはじめほんの一握りしかおらず、実戦経験が全体的に乏しい。

「ま、まぁ、今後戦争なんぞそうそう起こることもないでしょうしね。そんな恐ろしい思いもすることもないでしょう」

横からモルギュストが空気を読まずに平和ボケ発言をかます。それをどう受け取ったのかは分からないが、一瞬バドルードが不思議そうに瞬いたように見えた。

「ともあれ、我々の仕事はこの国と民を守ること。万事に備えておくということは必要不可欠なことだよ。そうは思わないか？　モルギュスト次官」

「え⁉　あ、ええ、……そ、そうですかね」

ぶわっと一瞬であの脂でてかった頭から汗が噴き出たのが見られた。それをしきりにハンカチで拭き取って視線を彷徨わせているモルギュストは分かりやすいほど不審だ。反論するかのようにガルフィールドに言われて焦りを感じているようだった。

「平和というのは努力なしでは成り立ちませんからね。皆さんの妥協を許さない姿勢は我々武器を持たない者にとって本当に有り難いものです」

「そう言ってくださると嬉しいものですな。貴方が騎士団の活動に理解を示してくれる人でよかったですよ、バドルード長官」

互いに顔を見合わせて微笑み合うガルフィールドとバドルードをハラハラとしながらモルギュストが眺める。リンジーはそれを黙って見ているが、そのモルギュストの間抜けな顔に笑いそうになった。ぐっと堪えて気を逸らそうと視線を巡らせると、ちょうど平原中央ではユーリがシュゼットと手合わせをしていた。その周りを円で囲むように団員達がおり、それぞれの団長を応援している。ひとつのパフォーマンスのように繰り広げられているその戦いは白熱していて、素人のリンジーにはよく分からないが両者とも互角のように見えた。

シュゼットがあの大きな大斧を勢いよく振り下ろし、ユーリは上手く避《よ》けるか剣で受け流している。あれを真正面から受け止めたらユーリの長剣ではぽっきりと折れてしまうだろう。ユーリもユーリで間合いを詰めてシュゼットに襲いかかるが、それを鎌の部分で薙ぎ払われてしまう。決着はそう簡単につきそうにはなかった。

「なるほど。今回私を招待してくださったのは、私を見定めるためですか」

「気を悪くしたかな？」

「いいえ。当然のことかと」

どうやらこちらも応酬が本格化してきたらしい。バドルードがガルフィールドの意図に気がついて直球勝負をしかけてきた。

「悪いな。前任のナイルは食えん男でな。こちらの話を懸命に聞いて理解していると思っていても、そうでなかったことが多かった。まぁ、口先だけの男だったというわけだが。またそんな男にこちらの金を握られるのは敵わんからな」

「随分と辛辣《しんらつ》なお言葉だ」

「それだけ煮え湯を飲まされた連中がいるということだよ」

それからしばしバドルードは黙り込んだ。その間、ガルフィールドも口を開かない。

平原の方から歓声が聞こえてきた。ユーリとシュゼットの勝負がとうとうついたのかもしれない。

一陣の風が吹き、リンジーの長い黒髪が舞う。顔に髪が張りついて手で避けると、バドルードがにこりと微笑んでいるのが見えた。ガルフィールドにではなく、モルギュストに。

「公が仰ることに心当たりは？」

「えぇ？　そ、そんな私には特には思い当たることは……」

いよいよモルギュストの顔が青褪めてきた。目が泳ぎ、呼吸も浅い。誰の目にも動揺しているように見える。

「君はどう？」

今度はリンジーに振ってくる。

さて、何と答えるべきかと考えあぐねていると、バドルードの後ろで『余計なことを言うなよ』とモルギュストがガンをつけて威嚇しているのに気がついた。やれやれと内心溜息を吐く。

「ナイル前長官もモルギュスト次官もなにごとにも慎重な方ですから。なかなか騎士団の望むような採決を下さないことも多々ありましたかと」

当たり障りない程度の言葉で答えると、またバドルードは顎に手を当てて黙り込んだ。しばしして、再度ガルフィールドに問う。

「つまりはガルフィールド公、ひいては騎士団には我々に物申したいことがあると？」

「物申したいなどとんでもない。ただ貴方には現状を知ってもらいたいという私のエゴから、と言いますかな」

「改善を願っているから現状を訴えたいと思うのでは？」

「確かに。仰る通りだ」

ははは、とガルフィールドは闊達に笑う。それを見たバドルードは、へにょりと眉尻を下げて口を真一文字に結んだ。

「ネイウスは現状の予算では不満がございますか？」

「いや、うちは随分と優遇させてもらっているようだ。何も不服はない」

「そ、そうですよね！　ネイウス騎士団は我が国において必要不可欠！　私も格別な計らいをと思っておりまして！」

ここで嬉々としてモルギュストが参戦してきた。鼻の穴を広げて、鼻息がフシュフシュと聞こえてきそうなほどに興奮している。ここで話を自分の都合のいい方向へ持っていきたいのだろう。

けれどもバドルードがそうはさせなかった。

「あまり予算の変動のないネイウスとは対照的に、他の二つはその支出と共に予算が年々減っている。そうですよね？　次官」

「それは、その、……そうでしたかね？」

「ずっとグロウスノアとサンドリオンが戦地から遠のいているためにその規模を縮小しているのかと思っていたけれど……。私は馬鹿ですね。紙面上の数字だけではそこまで分かりはしないのに。」

……なるほど、そうではない可能性もあるわけですね。

元々頭の回転が速い方なのだろう。ガルフィールドのあの曖昧《あいまい》な言葉と事前に眼を通していたデータからある程度の結論まで辿り着いてしまった。

核心まであと少し。じりじりとした気持ちで行く末を見守る。

「ネイウスと他二つのでは仕事の内容が全く異なるのですぞ!?　戦争が起こった時にしか役に立てない連中と、日夜お偉方の警護に当たっておられるネイウスとではその差があって当然でしょう！　むしろ金を使う必要などあの二つの騎士団にはないのでは!?」

「なるほど。次官の言う通り各騎士団の属性が違うのであれば費用に差があっても不思議ではない。けれども……」

興奮しながらそう訴えるモルギュストに対しても、彼はあくまでも冷静だった。付け加えるように言葉尻を濁し、そしてガルフィールドを真っ直ぐに見据える。

「何も不満がないはずのガルフィールド公がわざわざ私達を招待したり私を試すような言い方をするのには、それなりの訳があるからなのでは？」

確認するかのように聞くと、ガルフィールドはそれに微笑んで答えを返した。

「……そうですか。この後、ダンクレスト団長とミリオンドレア団長とお話ししてみます」

バドルードは強い視線を平原へ向けて、決意めいた言葉を投げた。

少し遠いところでゴクリ、と大きく息を呑む音が聞こえてくる。

モルギュストの顔が白くなり、強く握り締められた拳が微かに震えているのを見て、ユーリの言う通りだんだんと雲行きが怪しく思えてきた。

確かにユーリの言うように当初の予定とは違った形でことが進んでいっているらしい。

最初はモルギュストの考えを変えるという話だったが、腹の中に据えかねたものが各々あったのか。確かにモルギュスト本人の変化を期待するより周りを変えていった方が手っ取り早いし、そちらの方が功を奏す場合も多い。どちらにせよリンジーにとっては仕事が今よりやりやすくなればそれでいい。必要な費用を必要な時に出せるような環境が整いさえすれば。


それからガルフィールドもバドルードも騎士団の訓練を鑑賞することに徹し、先ほどの話題は口には出さなかった。

リンジーもそれに倣ってずっと訓練の様子を見ていた。主にユーリのことをだが。

(やっぱりあの人も『騎士』なんだな)

いつもはにこやかに微笑み紳士然として、荒事には一切関わらないような顔をしているけれど、剣を振るえばそんなイメージは一瞬で吹き飛ぶ。

あの重そうな長剣を片手で軽々と操るその様は勇猛。声を張り上げて部下に指示をだす姿は理知的で指導者としてのカリスマ性が窺える。そうかと思いきやサンドリオンの団員と無邪気な顔をして戯れてみたり。どれもこれもがまた違った顔がそこにはあって、それが逐一《ちくいち》リンジーの心を奪っていく。もう奪われる心などないと思っていたのに、どうやら根こそぎ浚っていっていくつもりらしい。『参った、降参だ』と白旗を頭の上に突き立てたいくらいだ。

平原に吹く肌寒い風は火照った顔には心地よく、そして熱さましにはありがたい。

ようやくその熱が治まってきた時に、午前の訓練が終了した。


「すみませんウォルスノーさん！　皆さんの分の昼食を運ぶのを手伝っていただいてもいいですか？」

「はい」

グロウスノアの団員の一人がこちらに寄って来てリンジーに言ってきた。ただぼーっと立っているだけのリンジーにはそのお願いはありがたく、早速その団員の後を追っていった。

今日の昼食は『黒白の踊り子』のサンドウィッチセットだったはず。先日マリアベルから貰った発注書でそれはすでに確認済みだ。ハニーマスタードと薄切りにした鶏肉、トマト、レタスをのせたチキンサンドが有名で、セット内容にも入っている。実はそれを密かに楽しみにしているリンジーの足取りは軽かった。

毎回『黒白の踊り子』に配達をお願いしているらしく、テントから少し離れた森の入り口に荷馬車が止まっていた。その店の名に誂《あつら》えたかのような黒馬に車輪まで白く塗られた荷台、幌にはトレードマークの踊り子が描かれているその荷馬車。もうすでに何人かの団員が昼食の運び出しを始めていた。

テントにいる人達の分の昼食を貰い、お店の人からは請求書を手渡された。なくさないように請求書をポケットに入れて昼食を抱え直し、テントに戻るべく歩き出した。

ところがその途中、前方からモルギュストがこちらに向かってくるのを見つけてしまいドキリとする。肩を怒《いか》らせ強い歩調で闊歩《かっぽ》するあの姿にいい想像はできない。できれば避けて通りたいものだけれども、あの目はもうすでにリンジーをロックオンしていて下手に逃げると厄介なことになりそうなのは目に見えていた。

「ウォルスノー！」

声のトーンで分かる。やはりいいものではない。

こうなってしまうと仕方がないと諦めるより他はない。今更逃げられるわけでもし、考えなくても彼が何に対してご立腹なのかは分かるので、ある程度の嫌味は覚悟して腹を括《くく》った。

「どうしました？　次官」

目の前までやってきたモルギュストに恍けてみせると、あの毛虫のように太い眉が一気に吊り上がった。

まずい。これは思った以上に怒っているらしい。

「こっちへ来い！」

腕を掴まれ強引に森の方へと連れて行かれる。指が腕に食い込んで痛みで顔を顰めた。

「次官、どちらへ？」

あまりにモルギュストの力が強いので腕から昼食が零れ落ちそうになってしまう。そうならないように途中何度も抱え直しているうちにモルギュストが足を止め、思い切り木の幹に叩きつけられた。後頭部を打ちつけて、その拍子にせっかくここまで零さずに持っていた昼食を全て落としてしまう。

「お、お前、これは、ど、どういうことだっ!!」

怒りのあまりに声を引き攣《ひっ》らせてモルギュストが怒鳴る。

打ちつけた後頭部の痛みでそれどころではなかったリンジーは、モルギュストの問いに答えることができずにその場に蹲った。それが彼の目には無視をしていると映ったらしく、更に激高してくる。

「ガルフィールド公や、バドルード長官を巻き込んで、い、一体何をするつもりだ!! もしやお二人にでたらめなことを吹き込むつもりじゃないだろうな!!」

痛みで涙が溜まった目で平原の方を見ると、どうやらモルギュストはあちらから死角になるところをちゃんと選んでいたらしい。こういう姑息なことには全く長けている。

「ふ、ふざけるな……っ。ふざけるなよウォルスノー!! お、お前ごときが! お前が、私の邪魔をするんじゃないっ!!」

怒りのままに右足を振り上げ、リンジーに向かって思い切り振り下ろす。

その狂気に咄嗟に気がついたリンジーは、ヒッと小さく悲鳴を上げながら横に飛び避けた。木の幹にガンと鈍い音を立てて蹴りつけられた勢いに、その容赦のなさを知る。

叫びだしそうな口を震える手で押さえつけて見上げると、目を血走らせたモルギュストがこちらを見下ろしていた。

「戦争に備えて? 国境警備? 軍事演習の必要性? 馬鹿を言うな! どれもどれもどれも不要だ!! 無駄金だ!! そんなもの実際戦争になった時にどうにかすればいいんだ!!」

一歩一歩ゆっくりとモルギュストがにじり寄る。間の距離を開けるようにリンジーもまたへたり込みながらも手足を動かした。

緊張で喉が乾いて口の中がひりつく。

ここから逃げ出して平原に抜けなければ。きっと平原まで辿り着いたらモルギュストも追ってはこない。ガルフィールドやバドルードにこんな姿を見せるはずはないだろう。

「お前、最近ダンクレストと仲良くしているんだったな。奴の差し金かぁ？　全くお前はあいつといいガルフィールド公といい男を取り込むのが上手いなぁ」

モルギュストがにたぁと下卑た笑みを浮かべた。

それを見つめながらはくはくと浅く息づく呼吸を一旦止めて、それから深く息を吸い込む。怖い。けれども恐怖で足を竦ませている場合ではなかった。できるだけ冷静にパニックにならないように努め、どうにか逃げる隙をつくれないかと思いを巡らせる。

「いいか。この後テントに戻ってちゃんとバドルード長官にあれは団長達の意思だと言え。私は適正な裁量をしていると。自分も次官の考えと同じだと言うんだ」

それなのにこの言葉で一気に冷静さを失った。ゆらゆらと揺らめく炎がこの身に宿って怒りの火種を業火に変える。

ギリリと音を立てて歯噛みをした。

「分かったのか？　ウォルスノー」

「…………」

「『分かりました』、だ！　さぁ言えっ!!」

「…………っ」

傲慢にも筋の通らないことを平然と言いのけリンジーに命令するこの男に、そこはかとない怒りが込み上げた。

何故そんなことを命令されなくてはいけない。

そもそも何故こんな自分勝手な男が今も裁量を握り続けているのだ。勝手な自論で決裁に依怙贔屓《えこひい》きをし、しかるべきところにしかるべき金が回ってこない。軍事演習のことだって、あの襤褸馬車のことだってことある毎に歯痒い思いをしてきたのはリンジーだけじゃない、騎士団の皆がそう思っている。その度に己の非力さに罪悪感を抱きどうにかしようと奔走するリンジーを鼻で笑い、言葉一つで全てを徒労に終わらせるこの男が握っている実権を憎くさえ思う時もあった。

けれども今は、モルギュスト自身が憎い。

「……そんなこと、言えません」

「あぁ？」

言えるか。言えるかそんな馬鹿気たこと。そんなユーリ達を裏切るようなこと。脅されても、たとえ財務省をくびになったとしても言えるわけがない。自分だけはそんなこと口が裂けても言ってはいけない言葉だ。

「言えません！　言えるわけありません！　私が長官に言えるのはただ真実のみです！」

モルギュストの禿げ頭に血管が浮かび上がる。皮膚を破り血が飛び出してきそうなほどに膨れ上がったその血管は怒りのバロメーターのようだった。先ほどよりも怒っているのが分かる。

「……何だとぉ？」

けれども今度は怖くはなかった。

いくら怒鳴られようと蹴られそうになろうとそんなものは全然平気に思えた。今はこの男に屈する方が何倍も怖い。

「次官のせいでどれだけ騎士団の皆さんが苦労していらっしゃるかご存知ですか？　軍事演習すら費用を気にして計画を立てなくてはいけない煩わしさを知ってますか？　全ての憂いに備えておきたいのにそれが貴方一人の我儘でままならない悔しさが貴方に分かりますか！」

「私が我儘だというのか!!」

「ええそうです！　万が一戦争が起こってしまった場合、隣国が国境を越えて攻め込んできても武器や資材、訓練不足で負けてしまったら。十分に皆さんが力が発揮できなかったのは我々のせいだとなるでしょうね。まともに金を寄越さない財務省が悪いと」

「だから！　戦争なぞ起きん！」

「この平和が盤石なものだと思っているのは次官だけです！　次官おひとりの考えでこの国を滅ぼすわけにはいきません！」

「煩いっ!!」

また蹴りが飛んでくる。

先ほどよりも勢いを増したそれを今度こそは避けられそうになかった。防衛本能で目を閉じて顔を腕で庇う。

——後悔はない。

ここでどんなに殴られようとも今言った言葉に後悔はないし、寧ろ今まで溜め込んでいたものを一気に発散できて爽快な気分だ。それに比べれば蹴られる痛みなどきっと大したことない。

そう覚悟を決めて、衝撃に備えて体に力を入れた。

けれどもリンジーを襲ったのは痛みではなく、グイっと後ろに引っ張られる衝撃と腹回りと背中に感じる温かな人肌。目の前でガツンと何かがぶつかる音が聞こえてきて、その音に驚いて肩が跳ねた。それにリンジーを抱きしめる腕がグッと力を込めてくる。

包まれた時の匂いで目を閉じていても分かった。

汗の匂いに混じって香ってくる、お日様のような暖かな香り。

ユーリだ。

「これ以上はご容赦いただこうか、モルギュスト殿」

頭の上から聞こえてくるその声は息が弾んでいた。きっとあの平原の奥の方から急いでここまで駆けつけてくれたのだろう。

恐る恐る目を開けると、目の前でモルギュストの足をユーリの剣の鞘が受け止めていた。その剣の鞘《さや》は本当に鼻のすぐ先にあって、間一髪のところでユーリに助けられたのだと知る。

後からそのことに湧き起こってくる恐怖と、ユーリの声と腕の温もりと。先ほどまで涙一つ零してなるものかと思っていたのに、何だか無性に泣きたくなった。この腕にしがみついて怖かったのだと泣いてしまいたかった。

「部下に、……それも女性を足蹴にするとはどういうことです」

「い、いや、わわ、私は……」

「……どういうことだと聞いている!!」

ユーリのその声は森の木々を震わせるほどに響き渡った。

こんな激しく大きな声を出す彼を見たのは初めてのことで、リンジーはその迫力にビビって硬直してしまった。モルギュストもそれは同じようで、そのまま身体を硬直させて口をパクパクさせている。

その一喝に脅えて何も言えなくなったモルギュストをユーリは鋭い猛禽類のような眼をして睨みつけていた。

それから少しして多くの足音が平原方面が聞こえてきた。

「ユーリ！」

ユーリを追ってここまでやってきたのか、シュゼットとレグルス、ガルフィールド、バドルードと他数名の団員が走ってきた。

地面に座り込むリンジーに、その彼女を庇うように抱き込んで、モルギュストへと険しい顔を向けているユーリ。そして、そんなユーリの様子にオロオロとして、禿げた頭から大量の汗を垂れ流すモルギュスト。この異様な構図を見て、この場にやってきた誰しもが訝しがり顔を顰《しか》めた。

「……これは、一体」

バドルードが零すように呟く。

それにいち早く反応したのは、先ほどまで固まっていたはずのモルギュストだった。

「ちょ、長官！　違いますぞ！　こいつが、ウォルスノーの方から私をこの森に引きずり込んで来たんです！　私は嫌だと言ったんですが強引に連れてきてですなぁ……」

誤魔化すようにへらへらと笑いながら弁解を始めたモルギュストは、必死に自分の潔白を訴えていた。あくまでここまで連れてきたのはリンジーで、自分は誘われただけで何も悪くない。この状況も誤解があるようだが自分の正当性を話せば分かってくれるはずだと嘯《うそぶ》く。

それを黙ってバドルードは聞いていたが、モルギュストが粗方話し終わった後にようやく口を開いた。

「残念ながら次官の話を鵜呑みにするわけにはいきませんよ。第一に、私は貴方がウォルスノーさんをこの森に連れて行くところを見ています」

「なにっ⁉」

「それに貴方がどれだけ正しくても暴力を振るった時点でそれは色褪せてしまう。それが部下に対して振り上げたものであれば尚のこと、上司としてはあるまじき行為だ」

「これは暴力とかではなくて、上司の言うことを聞かない部下に対する軽い躾と言いますか……」

どんなにモルギュストがこの場を取り繕おうとしても時すでに遅く、バドルードはそれに一切取り合わなかった。

「暴力でしか部下を従わせることができない貴方は上司としては二流だということですよ。事情は双方から後でお聞きしますが、私は貴方に次官としての資質を問い質します」

冷ややかな声でモルギュストを突き放したバドルードは、近くにいた団員に訓練が終わるまでに彼が逃げたりしないように監視するようにお願いした。大人しくできないようならば縛っても構わないとまで。

「申し訳ありません、ダンクレスト団長、ミリオンドレア団長。事情聴取が終わるまで団員の方をお借りすることになりますが構いませんか？」

「問題ない」

「こいつら扱き使っていいから徹底的にやっちゃってよ」

二つ返事で了解した二人にお礼を言うと、団員達にモルギュストを馬車に連れて行くように指示をした。おそらくその中で事情聴取をこのまますするつもりなのだろう。

呆然自失で立ち尽くすモルギュストが団員二人に両脇を抱えられながら森を抜けていく様子を眺めながら、ようやく去った危機に肩の力を抜いた。

「大丈夫ですか？　ウォルスノーさん」

「……はい」

「一旦《いったん》休んでください。それでお疲れのところ申し訳ないのですが、後で事情をお聞きしてもよろしいですか？」

「はい。ありがとうございます」

モルギュストの時とは打って変わって優しい声でリンジーを労ったバドルードはその場を辞し、モルギュスト達の後を追って行った。


「怪我はないか？」

バドルードが去るのを呆然と見ていたリンジーの頭上から、ユーリの窺うような声が聞こえてきた。仰ぎ見るとこちらを心配するような瞳とかち合う。

「どこか痛みなどは？」

ユーリのその顔を見て初めて今の自分の状況を認識した。

腰に手を回され後ろから抱き着かれている。つまりはモルギュストから助けてくれた時のままの状態で今もいるということだ。

公衆の面前で抱き合うなど普段だったら恥ずかしくてすぐさま離れて距離を取っただろう。けれども今は恥ずかしさよりも安堵が勝っている。この腕の中にもう少しいたいと、腰に回された手にそっと手を重ねた。

「後頭部を少し打ったみたいです」

もうだいぶ痛みは減ったものの、そこを摩ればピリリと痛みが走る。たんこぶもできているようだし後で冷やす必要がありそうだ。幸い怪我という怪我はそれくらいしかない。

「医者に診てもらおう」

それでも心配なのかユーリはそう告げてさっさとレグルスに同行している医者を連れてくるように命じていた。医者に診てもらうほどのものでもないと止めにかかろうとしたが、そんな暇もなくレグルスはすっ飛んで行ってしまった。何だかこんな大袈裟なことになってしまって申し訳ない気持ちが出てくる。

医者に診てもらうまで下手に動かない方がいいとユーリが言うので、とりあえず木のたもとに腰を下ろして待つことにした。ユーリとはまだ離れがたいと思っていたが、どうやらずっと隣にいてくれるつもりらしい。隣にしゃがみ込んで背中を手で支えてくれた。

「悪いなぁ、リンジー。どうやらちょっとやり過ぎてしまったようだ」

いまだにこの場に留まってくれていたガルフィールドがしゅんとした顔をして謝ってきた。

「まったくだよ、爺さん。あんたどんだけあの狸を煽ったの」

その隣でぷりぷりと怒っているシュゼットに追撃を受け、ますます項垂れる。

『だってなぁ、あやつがなぁ』といじけたように弁明する姿は、とても先ほどの悠然とバドルードと話していたものと同一人物には思えない。と言ってもこちらが素の姿なのでリンジーにとってはいつも通りの姿だが。

「まさかあそこまで沸点が低いとは思わなんだ。いやいやモルギュストの奴、いろんな意味で期待を裏切りよる。勝手に自爆しおった」

「わざわざ私とユーリで長官に訴える必要もなかったな。あんな場面見せられりゃあ長官も処分せざるを得ないだろうし。しかもあの長官、ナイルと違ってそういうのには潔癖そうじゃない？」

しみじみと言うガルフィールドにシュゼットも同意する。確かに、あの様子だとバドルードは何らかの期待通りの働きをしてくれるかもしれない。

「かといってリンジーをこんな目に遭わせてしまったのは爺大反省だ。すまんなぁ。あんな巨漢相手に怖かったろうに」

リンジーの手を取って子犬のような潤んだ瞳で謝ってくるガルフィールドに、思わず笑ってしまった。まるで『ごめんね？　ごめんね？　許してね？』と子供が母親に必死に謝っているようにも見える。相手は初老の男性で可愛さの欠けらもないはずなのに。

「大丈夫ですよ。寧ろあの次官の大きな足で蹴られて骨とか折ったら仕事ができなくなるのが怖いなって思っていましたから」

「相も変わらず仕事馬鹿だな。今回のお詫びにどうだ？　私のところに嫁に来るか？」

「遠慮しておきますよ。愛妻家で有名なガルフィールド団長」

この緊張状態でも出張ってくる茶目っ気がそう思わせるのかもしれない。冗談一つで和ませてくれる彼とのこのやり取りはいつものことだが、それが今は凄くありがたかった。

「そろそろその手、離したらいかがです？」

横で支えてくれているユーリが少し不機嫌そうな声でガルフィールドに言う。

「なんじゃいなんじゃい。ユーリは心が狭いのぉ。ケチだのぉ」

それに反発するように口を尖らせて文句を言うガルフィールドは、見せつけるようにリンジーの手を撫で回した。片眉をピクリと持ち上げて更にユーリの機嫌が下がる。辺りの温度が一気に冷え込んだ気がした。

「爺さん止めときなよ。今はユーリも気が立ってるからあんまり冗談が通じないぞ」

「むっ。それもそうだの」

シュゼットに注意をされてようやくガルフィールドは手を離す。少し名残惜しそうにしていたけれど。手が離れたせいなのかユーリの機嫌も幾分か回復したようだった。

「さて、じゃあここはユーリに任せて私はバドルード長官の尋問に付き添ってくるかの。逃げられないように最後の最後まで圧力をかけてやろう」

「そっちは任せた。爺さんの公爵パワー見せてやんな。私は昼食とってぼちぼち模擬戦の準備しとく。ユーリ、こっちは気にしなくていいからリンジーのこと頼んだよ」

「ああ。よろしく頼む」

ガルフィールドはバドルードのいる馬車へ、シュゼットは平原へとそれぞれ向かって森を抜けていった。

とうとう二人だけになった今、少し気が抜けてしまったのか一気に疲れが塊になって身体に圧しかかってきた。背中に回されたユーリの手が温かく心地いい。このまま身を委ねて目を閉じてしまいたかった。

思考を止めた頭で向かい側の木の根元に生えている小さな黄色い花を見つめていると、ユーリが『すまない』と小さく謝る。何を謝ることがあるのだろう。その謝罪の意味が分からなくていると、また謝られた。

「ずっとモルギュスト殿の動向をチェックしてはいたんだが、ちょっと話している隙に見失ってしまった。俺のミスだ。守ると言ったのに、結局お前を危ない目に遭わせてしまった」

悔いるように唇を噛み後悔の言葉を告げるユーリを抱き締めたくなった。そんなに自分を責めなくても大丈夫と身体全体を使って伝えたい。きっと言葉だけじゃ足りない。

代わりに彼の服の裾をそっと握った。

「あんまり卑屈に考え過ぎますと禿げますよ」

誰かさんのようにとは敢えて言葉にはしないけれど。

それでも『禿』と聞いて先ほどまでこの場にいた誰かさんの顔がポンと思い浮かんだのだろう。ユーリは変な顔をしていた。

「大丈夫です。ちゃんと守ってもらいました。ちゃんと間に合ったじゃないですか、団長は」

ふふふ、と笑ってツンツンと裾を引っ張る。

――大丈夫、大丈夫。

「いつだって私は団長に救われています」

しばらくしてレグルスが連れてきてくれた医者に診察してもらい、たんこぶができているので十分に冷やして無理はしないこと、もし体調が悪くなったらすぐに知らせることを約束して動く許可を貰うことができた。ユーリが心配するような大怪我というわけではなくてホッと胸を撫で下ろす。

医者の診察が終わるとすぐさまずいっと氷嚢《ひょうのう》が目の前に出される。差し出し人を見ればそれはレグルスで、医者を呼ぶのと同時に持ってきてくれたらしい。何も言わずにそっぽを向いて渡してくるところは実に彼らしいが、まさか甲斐甲斐《かいがい》しくしてくれるとは思わなかったのでそれを受け取るのに随分と躊躇った。お礼を言っても返事は返っては来なかったが。

後頭部を氷嚢で冷やしながら皆と一緒に森を出ると、もうすでに平原では模擬戦の準備が最終段階になっているらしく両軍とも陣地で待機状態になっていた。

グロウスノアの団員の一人がユーリ達に駆け寄って準備ができたことを告げるとレグルスは一足先に陣地へと走っていき、リンジーはユーリにもお礼を言って早く戻るように促す。安静にすること、体調不良はすぐに申告することを再度約束し、ユーリもまた平原の彼方に去って行った。

医者はまだ一緒についていてくれるらしく、テントの椅子に座って模擬戦の様子を見学しながら尋問中のバドルードを待つことになりそうだ。

模擬戦は騎馬隊などはおらず基本的に弓による遠戦と白刃戦のみ。両陣営とも布陣を敷き準備は万全。あとは開戦の合図を待つのみとなった。

ピリピリとした緊張感の中、両団長が平原の真ん中に歩み出る。互いに対峙し武器を突き合わせると、先にシュゼットが大きく息を吸い込んだ。

「今日は誰かさんが相当気が高ぶっているようだ！　うかうかしてるとお前らの身体が真っ二つだぞ!!　その前に斬れ！　射ろ！　薙ぎ払え!!　グロウスノアをぶっ潰せ!!　サンドリオンっ!!」

サンドリオンの団員が野太い雄叫びを上げる。

「武器を決して手放すな!!　グロウスノアの勝利はお前達一人ひとりの手の中にある!!　最後まで戦い抜けよ!!　シュゼット団長の大斧を折ることができたら俺が褒美をくれてやる!!」

次いでグロウスノアの団員も雄叫びを上げた。

大勢の鼓舞の雄叫びは平原の中を響き渡り森の木々を揺らし大地を震わせる。離れたテントにいるリンジーの鼓膜をも震わせ、それが心にも伝わってきた。ぞわぞわとしたものが背筋から頭のてっぺんまで這い上がってくる。膝の上に置いた手をぎゅっと握り締め、乾いた唇を舌で湿らせた。

「すごい……」

感嘆の言葉が漏れ、自分の吐息が熱い。あの雄叫びと共に興奮している。傍目《はため》にもそれが分かったのか隣にいた医者に『あまり興奮なさらないでくださいね』と釘を刺されてしまったが、それでも身体中のあちこちに高揚感が残っている。どうにかそれを抑え込むのに精いっぱいで、いつもの冷静さを取り戻すのは一苦労だった。

開戦の合図が鳴る。

波がうねるように平原の真ん中に向かって皆が一斉に走り出した。

人が入り乱れてどちらが優勢なのかはリンジーには分からなかったが、両騎士団の勢いは衰えることなくあちらこちらで武器を突き合わせている。櫓からは矢が放たれ援護をしている。ここに騎馬も入って戦う時もあるらしいのだが、それは年一回のことなのだと医者が教えてくれた。騎馬で荒らされた平原を均す費用を抑えるためらしい。

「勇ましいものですね」

テントにバドルードが現れたのは開戦してからしばらく経ってからだった。

彼も彼らの衝突を魅入られるようにキラキラした瞳で見つめていた。どこか非日常的なその光景に心を惹きつけられるのはリンジーだけではないようだ。

「隣いいですか？」

リンジーの隣の空席の椅子《いす》を指さしわざわざ断りを入れてきた。『どうぞ』と言うとバドルードはそこに腰を下ろす。その代わりに反対側に座っていた医者が席を外した。気を遣ってくれたのだろう。馬車の近くにいるので何かあれば遠慮なく呼んでくれと言って、テントから出て行った。

「大変お待たせしました。ご気分はいかがです？　体調がすぐれないとかありますか？」

「いえ、ありません」

「そうですか。それは何よりです」

それでは始めましょうか。

そう言って、まず初めにリンジーの口から当時の状況の説明をするように求めてきた。

昼前にテント内で密かに詰め寄られたことや森に強引に連れてこられたこと、その時モルギュストに言われた話、自分がどう答えたのかも加えてこと細かに話をした。その間、バドルードは一切口を挟むことなくじぃっとリンジーの表情や仕草を見ていた。その話に偽りがないか見極めているのかもしれない。

一通り話し終えると、今度はバドルードの番だった。

「モルギュスト次官との話に齟齬《そご》があるようですね。いくつか質問していきます」

やはり、としか言いようがなかった。

あの調子だと自分の都合のいいように話を変えてバドルードに話をしたに違いない。その話の中でリンジーがどんな風に言われているかを考えただけでげんなりとしてくる。

「次官からあのように暴力を振るわれたことは今までにありましたか？」

「いえ。今回が初めてです」

「では何故今回彼はあのような暴挙に出たのでしょう？」

「……それは私が煽ってしまったからだと思います」

「先ほど仰っていたことですね？　私達に取り成すように次官に言われ、それを貴女が拒否した。それに怒った次官が暴力を振るおうとしたと」

「はい」

バドルードがうんうんと何度か頷《うなず》く。

「では、次に。『煽った』と仰っていましたが、それはわざとですか？　それも計画のうちでした？」

「意味が分かりかねます」

「今回私と次官を訓練に招いたのは騎士団の窮状を直に訴えるためだ。それには各団長はもちろんのこと、貴女も一枚噛んでいるはず。その計画の中に貴女が次官を煽って暴力を振るうように仕向けることも入っていたのか、と思いましてね。騎士団にとって一番いいのは邪魔をする次官を排除することだ。彼がここで何か問題を起こせばそれはスムーズにことが進むはず……」

「違います！」

バドルードの言葉を遮って叫ぶように否定する。まるで、自分達の目的のために騎士団がリンジーを利用していたとでも言うようなバドルードの言葉。これ以上聞いているのは我慢がならなかった。

「私が自らここに来ることを望みました。団長は来なくていいと仰ったんです。こういうことが起きる危険性はちゃんと予測していてその上で来なくていいと。でも私がそれを拒んだんです」

「何故貴女は危険を承知でここに来ることを望んだんですか？」

「担当官だからです。ちゃんと見届けたかった。それに、私がいれば次官も多少のボロが出るのではないかと期待していたのも事実です。……そうですね、わざとと言われればそうかもしれません。私は次官が本性を晒すのを期待していた部分もありました。決してこのような形ではなかったですけど」

結果的に言えばこれは望んでいた展開だった。少し過激だったが。

モルギュストがどのような考えの持ち主でそれが仕事にどれだけの影響を与えているか、彼の専横が支障になり思うように金が回っていない事実をバドルードに知らせ、その上で何かしらの処置をしてもらって業務改善ができれば重畳。馬鹿みたいな理由で費用申請が却下されることなく、正しい予算の使い方ができるようになればそれでよかった。それができるのであれば、いくらモルギュストに詰られようと構わないとさえ思っていた。

「今回の件、煽《あお》った私が悪いと言われればそれまでです。甘んじて処分を受けます」

「それで次官に何のお咎めもなく、貴女だけが財務省を去ることになっても？」

「はい。けれども、長官にはしっかりと次官の普段の仕事を見ていただきたい。その目でしっかりと見て財務省の皆さんの話を聞いてあげてください。そして現状を改善する努力をしていただきたいのです。それをお約束していただけるのであれば、私は大人しく去ります」

ただでは消えない。このことを何もなかったことになどさせない。

もう前長官のナイルの時のような無力感と虚脱感は味わいたくないのだ。自分だけじゃない、どうにかしようと奔走した財務省の皆も騎士団の面々にも味わってほしくはなかった。

言質だけでもここで取っておかなくてはと自然と顔に力が入る。


「そんな怖い顔をしなくても大丈夫ですよ。貴女を処分するつもりはありませんから。どんな理由があるにせよ先に手を出した方が悪いですから」

真面目な顔から一転、その緊張を崩すようにバドルードが破顔してきた。

それに虚を衝かれて目を瞬かせる。目の前で微笑む男が言った言葉が唐突過ぎていまいちこの展開についていけない。たった今まであわや財務省を追われる寸前だったはずなのに。

「私はお咎めはなしですか？」

「まぁ、確かに自ら危ない真似をしたことは大いに反省していただきたいところですが。でもそれ以外に貴女に何の落ち度があるでしょう。貴女はあくまで被害者、加害者は次官であるということは揺るぎない事実だ」

ひとまずは財務省を辞めさせられることはなさそうだ。身体中に入っていた力がふっと抜けていくのが分かった。何だかんだと大口を叩きながらも緊張していたのかもしれない。

「それに、今回のことは上司である私の落ち度であると言っていいでしょう。部下がここまで追い詰められているのにも気付かずに今までいたんですから」

「でも、長官は着任されてから日が浅いですし」

そう言うとバドルードは腑抜けたように脱力し、腿の上に肘をついてその上に顎《あご》を乗せた。少し遠い目をして『それはそうなんですけどねぇ』とひとりごちる。

「先日、ブレアフォンさんとバンギリアムさんが私のところに来ましてね。資料を置いていったんです」

ブレアフォンというのはノールグエストと同じで財務省の同僚で、立場的にモルギュストの次の位置にいる人だ。四十代のノールグエストとはまた違った草臥《くたび》れた感じのいいおじさんで、机の上にある小さな観葉植物と愛犬をこよなく愛している。性格はおっとりとしているが、仕事に対しては違う。モルギュストから降ってくる仕事を一手に引き受けている彼は、財務省の中で一番苦労していると言ってもいいだろう。

「騎士団の訓練を見に行くのであればこれに事前に目を通していってくれと言われて渡されたのが、ここ数年、次官が財務省に来る前のものも含めての予算・決算書でした」

あ、と思わず声を漏らした。

ノールグエストも確かに言っていた。バドルードに陳情しようとする動きが財務省内で起こっていると。まさかこのタイミングでバドルードに会いに行っていたなど知らなかったリンジーは、それを聞いて嬉しくなった。

「ブレアフォンさんの手、震えていました。私がその場で資料に目を通して『ありがとう』とお礼を言っただけで泣きそうになりながらも嬉しそうにしてましたよ。……それで今まで彼らのこういう声が無下にされてきたということに気がついたんです」

基本的にはブレアフォンは平和主義者だ。滅多なことがない限りことを荒立てるような真似はしない。けれども数年にわたる職場での不遇やナイルのモルギュスト贔屓《びいき》の態度、いつまでも改善することのない業務に業を煮やしたのかもしれない。平和主義者ではあるが熱い男でもある。

「私はね、財務省に来る前はただの研究員でした。農作物、主に穀物の品種改良を研究していたんですが、結婚して婿入りをした時に義父の伯爵位を継いだのでその爵位に相応しい役職にという上の配慮でこちらに来たんです」

バドルードは確かツシェビア伯。家名としては申し分ない家柄だ。モルギュストなど足元にも及ばない。

「まぁ、『配慮』と言えば聞こえはいいですが実際は嫌がらせです。研究所の所長が私の結婚を妬んで、全くの畑違いのところに飛ばしてくれたわけです。本当に私は研究しかしてこなかったものですから世情に疎く、金勘定も不得手な人間。それを知っていてわざわざ私が財務省長官になれるようにいろんなところに駆けずり回ったそうですよ」

『全くご苦労なことです』と皮肉を言いやれやれといった顔をしているバドルードを見て、この人も上司で苦労してきた口だと悟る。

「研究は取り上げられ全く何も知らないところへ飛ばされ、あげく前任者は急死したために引き継ぎはなし、更に最悪なことに前任からついていた秘書官も全く使えない。正直、やさぐれました。多忙な毎日から逃れて家に引き籠もって一人で研究の続きでもしようかと思っていたんです。……

けど」

　そこまで言って言葉を区切る。

　そしてにこりと笑った。

「ブレアフォンさん達の話を聞いて、目が覚めました。『長官』というポジションが如何なるものなのか、人の上に立つということの意味を改めて気付かされたんです。忙殺されている場合ではない、私には今『責任』というものがついて回るんだと。私の行動一つが財務省の職員皆に影響を与えるのだと。そんな当たり前のことを先日ようやく知ったんです」

　バドルードの視線の先には、ユーリとシュゼットの姿。

　強さや人望が資質として求められる団長は、故に簡単に負けるわけにはいかないし、そのプライドを持っている。自ら戦いに身を置きながらも周りを見て戦況を見極める視野の広さや、知略を幾重にも練る賢さ。団員の命を預かる責任を果たすためには、どれも欠くことができないものだ。

　きっとその責任の重さはバドルードだって同じだ。彼の匙《さじ》加減一つで何もかもが変わってしまう。良くも悪くも組織というものは上に立つ者次第というところが大きい。

「愚かしいですよね。でも、これ以上自分が愚か者にならないように努力しようと決めたんです。境遇を嘆いていてもどうにもなりませんし。今は私の仕事を全力でこなすだけです」

『だからね』と言葉を続ける彼の後ろには、少し高度を落とした太陽が重なって見えた。

「貴方達の声は決して無下になどしません。自分で現状を見て皆さんに話を聞いて、その上で職場改善に努めたいと思います。それが上司というもの、でしょう？」

　ああ、今この場にブレアフォンやノールグエストがいたのならきっと歓喜の声を上げていただろう。ブレアフォンなど泣いていたかもしれない。

かくいうリンジーも積年の願いが叶ったような気がして、鼻がツンとして目頭が熱くなった。


それから。

訓練を終えて官舎に帰ったバドルードの行動は早かった。

業務時間内に順当に一人ずつ呼び出し面談を行い、事実関係を丁寧に確認してモルギュストの処遇をその三日後には決定していた。


――マトス・モルギュストを財務省長官付秘書官に任命する

誰もがこの決定には首を傾げた。これではただモルギュストを昇格させただけではないかと中には激高した者もいる。

処分が決まるまで謹慎をしていたモルギュストもまさかこんなことになるとは露にも思っておらず驚きはしたものの、結局のところ高笑いを上げて後日財務省の職場を去って行った。当然のこと、バドルードに不信感を募らせたのは一人や二人の話ではない。

「さすがの長官も暴行未遂事件だけでは辞職や降格させることはできないようですね」

腑に落ちない部分はあったもののノールグエストも『モルギュストが次官でなくなっただけ万々歳と思おうぜ』と言うので、それはそうかと納得させた。結果オーライと言われればそれはそうだ。

次の次官にと任命されたのはブレアフォン。これには誰も異を唱えるものはおらず、妥当なものだと言えるだろう。

お陰で今まで滞っていた軍事演習の費用申請もスムーズに進み、ユーリが望んでいた通りというわけにはいかなかったがほぼ希望が叶う形で決裁を得ることができるようになった。ユーリはもちろんのことシュゼットもガルフィールドも喜んでいて、それだけでもう十分のような気がした。


ところが、ブレアフォンが次官になって一週間後のこと。

バドルードのところに行っていたブレアフォンが物凄い勢いで走って職場に戻ってきたことがあった。その場にいた皆が彼の異変に騒然となる。リンジーもバドルードのところで何か嫌なことがあったんじゃないかと心配になった。なにせあそこにはモルギュストもいる。嫌味や罵倒などを言われてきたのではないかとハラハラした。

けれども、リンジー達のそんな心配を余所に、黙り込んで肩を震わせていたブレアフォンが爆笑し始めたのだ。今まで我慢していたのを一気に放出するように笑い転げる彼は、呼吸困難になりながらも尚も笑うのを止められない様子だった。


皆が唖然《あぜん》とする中、ようやくその意味を聞くことができたのはその十分後のこと。

「お、俺、まさかモルギュストにお茶を淹れてもらう日が来るとは、思わなかった」

いまだに思い出し笑いをしながら話すブレアフォンの言葉に誰しもが耳を疑った。

あのモルギュストがお茶を？　ブレアフォンに淹《い》れさせたわけではなくて、モルギュスト自らがブレアフォンのために淹れたというのか。にわかには信じがたいことだった。

「あれ、長官の秘書官とは言いつつも実際のところは雑用係だよ。俺にお茶を持ってくるように言われて持ってきたお茶が机に置いた拍子に零れてさ、長官に淹れ直すように言われてた。あれを持ってこいこれを持ってこいって命令されていたし、掃除なんかもしてたよ。極めつけは、俺が持ってきた報告書を読みながらモルギュストに『これは前年度却下して費用を出さなかったものですがその理由はなんですか？』っていちいち突っ込むの。んで、モルギュストが適当に理由つけて答えると、長官がそれについてあれこれ質問攻めにするわけ。もちろんモルギュストは適当に答えたからちゃんと答えられなくて更に突っ込まれてた。長官、あれ全部わざとなんだろうな」

そのやり取りを間近で見せられて笑いを堪えるのに必死だったブレアフォンは、モルギュストのあの禿げた頭がバドルードに何か言われる度に赤く染まったのを見て軽く噴き出してしまったらしい。

もちろんモルギュストに睨まれたが、それもバドルードに注意をされていてシュンとしていた。それはさながらペットの躾のようにも見えたという。

「あんなしおらしい態度のモルギュスト、初めて見たよ。地位と爵位のプライドだけで生きているような男だから、昇格したとはいえあの扱いはかなり厳しいんじゃないかな。まだ次官としてここで威張っていた時の方がマシだったと思うよ」

バドルード曰く。

「教育し直すんだよ。下手に余所にやっても迷惑かかるだけだから手元に置いて一から教育して雑用から決裁まで正しく完璧に仕込もうと思って。使えない秘書官をくびにしたところだからちょうどよかったよ。ダメな部下を教育する。それも上司の役割ってものでしょう?」

ブレアフォンにそれを聞いた途端に、その場にいた皆が皆笑い出した。

誰かが『長官最高!』と言っていたのを聞いて、リンジーもその通りだと笑った。


ある日。

廊下で目下教育中と噂のモルギュストとばったり出くわしたことがあった。

「おい、ウォルスノー」

モルギュストはリンジーの顔を見た瞬間に以前のような、意地が悪くどうやって日頃の鬱憤《うっぷん》を晴らそうかと算段するような顔つきになった。人間、どれだけ厳しく教育されようとも根本的なところは短期間では矯正できないらしい。どんな罵詈雑言が飛んでくるのだろうかとげんなりしながら覚悟を決めた。

ところが。

「モルギュストさん?」

「は、はひぃっ!」

廊下の角から姿を現したバドルードに名前を呼ばれた瞬間に背筋が真っ直ぐに伸びてその場で固まってしまった。一瞬で顔中脂汗だらけになっている。

「こんにちは、バドルード長官」

「こんにちは、ウォルスノーさん」

お辞儀をして挨拶をすると、にこやかに返してくれる。相変わらず上司ながらも親しみやすい人だ。

「いいですねぇ。会ったらにこやかに挨拶できるというのは。素晴らしいと思いません？　モルギュストさん」

「は、はいっ」

「そういうのも職場の人間関係を円滑にするためには必要なものだと私は思います」

「左様でございます！」

「相手が元部下であったとしても率先してそういうことをする姿を見せるのも、目上のものとして大事なことですよね」

「その通りですね！」

顔を真っ青にしたモルギュストがリンジーの顔を見て、無理矢理に笑顔をつくった。物凄く引《ひ》き攣《つ》っていて口端がぴくぴく痙攣している。

「……そ、息災であったか？　ウォルスノー」

バドルードの教育は思いの外順調らしい。

第六話

「リンジーさん、大奥様がお呼びです」

「…………はぁ」

休日。

いつもの時間に起きて朝食をとり洗濯や掃除を済ませて、さて今日は久しぶりに外でランチでもして雑貨屋にでも行ってみようと決めたところで突然の訪問者が来た。

誰かと思って玄関の扉を開けてみればそこには実家の兄の仕事仲間であるカトゥラスがいて、先ほどの言葉を言ったのだ。

母の突然の実家招集はいつものことではあるが、まさかカトゥラスを使ってくるとは思わなかった。

このカトゥラスはウォルスノー商会の会長をしている兄のギルバートの右腕として働いてくれている男だ。年の頃は兄と同じくらいで、兄以上に表情が動かない人でもある。

兄も父に似て厳格で浮ついたところがなく、あまり笑わない。二人が並んで仕事をしていると低い声で一切抑揚のない会話が繰り広げられる。正直不気味な光景である。

けれども、リンジーはこの男にある種親近感を抱いている。父に似たところがあるからかもしれない。母もよくカトゥラスは眉間の皺があと二、三本あったら父にそっくりなのにと言っていた。

「今日は何の用か分かりますか？」

一応事前情報は必要だろうと思い聞いてみる。

「恐らく、この間のお見合いの件だと」

無機質な声でそう言われて一気に脱力した。

こちらから断ったことを伝えただけであれから音沙汰がなかったからこの話はもう終わったのだと思っていたのだが、どうやら母の中ではそうではなかったらしい。ちゃんと詳細を報告せよということなのだろう。

「分かりました。準備してくるので先に馬車で待っててていただけますか？」

『かしこまりました』とお辞儀をするカトゥラスを玄関先に残して扉を閉め、急いで身支度を整えて部屋を出て行った。


「今日は何故カトゥラスさんが迎えに？」

馬車に乗り込んでしばらくした後、疑問をぶつけた。

「ゼハキムさんが腰を痛めて動けなくなり、その穴を埋めるために他のものが出払いまして。それでこの度大奥様からリンジーさんをお連れする役割を頂戴いたしました」

ああ、なるほど。執事のゼハキムがいなくて家が回らないらしい。

『誰も迎えに行く人がいないからカトゥラスちゃんお願いね』と母がにっこりと微笑みながらお願いする姿が目に浮かんだ。あの人は時々強引だが、その分人を使うことにも長けている。おそらく動けないゼハキムのために率先して仕事の割り振りを行ったのだろう。

家に帰ってそのまま通されたのが応接室。リビングとかではなくわざわざ応接室というところがこれからの話の内容の重さを感じさせる。

母はこのお見合いを断ってもいいと言ってくれたが、母に相談なしに勝手に断ったのはまずかったのだろうか。そのせいで先方からお叱りを受けているとか。サイジルも相当怒っていたし。考えるだけで胃が軋《きし》んだ音を立てそうだ。

メイドに淹れてもらった紅茶を飲んで渇いた喉を潤していると、母がやってきた。ついでにギルバートもそれに続いてやってくる。

二人ともリンジーの真向かいのソファーに座って、母はいつも通りのにこやかな顔をしているがギルバートは目をかっ開《ぴら》いて瞬き一つしない。正直怖い。これは父の怒っている時の顔とそっくりだ。やはりお叱りを受けるのかと思うと自然と顔に力が入った。

「リンジー」

「はい」

「今日呼び出された理由、分かるわよね？」

「……はい」

観念したように覚悟を決めていると、突然母の眉尻が下がり口を尖らせて手を握り締めた。あれ？これ母の拗ねている時のポーズだと思っていると、そこから怒涛のように母のお怒りの声が押し寄せてきた。

「もーう！　何で最初に言ってくれなかったの?!　ちゃんと私に話してくれていたらあんなお見合いなんてさせなかったわよ!!　しかもあんな男!!　どうしてもっていうから設定したお見合いだったけれど止めておくんだったわ!!」

「……あの、お母さん？」

いまいち要点が掴めない。つまり母は今何に対してご立腹なのだろう。そしてリンジーが何を言っていなかったというのだろう。話を聞く限りサイジルにも怒っているようにも聞こえる。

「んで!?　結婚はするの!?　プロポーズはされた!?」

「……んむぅ」

今度は両手をぶん回してはしゃぎ始めた母。そしてその横で相変わらず瞬きもせずに目を見開いて唸り声を上げているギルバートが。更にカオス状態になったような気がする。

「相手はどんな方なの？　騎士団の団長さんなんだからお強いのは当然として、性格はどう？　優しいのかしら？　それとも粗野？　貴女のことをちゃんと大事にしてくれそうな人？」

「むんっ！」

どうしよう。兄の目がとうとう血走り始めた。

察するに母はサイジルとの見合いの話を聞きたいのではなくて、ユーリとの話を聞きたいらしい。あれだけ噂になっていたらいずれは噂好きの母の耳に入るのは時間の問題だとは思っていたが、まさかわざわざ呼びつけてまで話を聞こうとするとは思わなかった。いや、この母だからあって当然のことか。

そうするとここで兄が出張ってきた理由も分かる。そして目を血走らせている理由も。

ギルバートは基本的に貴族にいい感情を持っていない。理由はよく知らないが、王立学校を卒業する頃には立派な貴族嫌いになっていた。それでも仕事は貴族相手にすることも多く、持ち前の鉄面皮で嫌悪感を出さないくらいの分別は持ち合わせているが、こと身内の話になると違うのだろう。あの顔は貴族の男と付き合うなどこの俺が許さん、ということか。

「恐らく噂を聞いてのことだと思うんだけど、お母さんが期待するような関係じゃないから。諸事情があって団長とはよく一緒にいるし噂もそのままにしているけど、その、……男女の仲とか、そういうんじゃない」

一体母にはどんな噂が耳に入っているのだろう。結婚の話まで持ち出すということは相当話に尾ひれがついているのか。

とりあえず母の空騒ぎとギルバートの怖い顔を和らげるためにユーリとの関係を否定したが、両者の反応は面白いほどに正反対だった。母はどん底に陥ったような顔をして目を潤ませているし、ギルバートは目をようやく瞬かせて、分かりづらくはあるが口角を少し上げて喜んでいるようにも見える。母からはそのうち嗚咽《おえつ》が聞こえてきそうだ。

「諸事情ってどういうことなのぉ？　リンジー」

「それは言えない」

「じゃ、じゃあ、ダンクレスト団長が貴女を口説いているっていうのも嘘？」

「……まぁ、そうなるかな」

「そんなぁ……」

とうとう母がハンカチを持ち出して涙を流し始めてしまった。そんな母を見てギルバートはオロオロしているし、リンジーも罪悪感でいっぱいになる。母に泣かれると弱い。それは生前の父もそうだったが、ギルバートもリンジーも同じだ。唯一そんな母を冷静に諫《いさ》めることができるのは二番目の兄のゲオルグだけで、当の本人はこの場にはいない。

「ごめんなさい、お母さん。変に期待を持たせてしまって」

「いいの。いいのよ。勝手に噂を信じて期待した私が悪かったのよ……」

「私、カトゥラスさんにお見合いの件でお母さんが呼んでいるって聞いたから、てっきり勝手にお見合いを断ったことで何か商売に不具合が起こってそれで叱られると思っていたの」

「ああ、それはないわ」

お見合いの件を持ち出すと、ハンカチに埋めていた顔をすっと上げて冷静な声でリンジーの危惧を一刀両断した。

先ほどまでさめざめと泣いていたはずの母の目や頬には一切雫がついておらず、本当に泣いていたのかと疑いたくなるほどの変わり身の速さだった。

「私が貴女に断ってもいいって言ったのよ。それで怒るわけないじゃない。まぁ実際に貴女と団長の噂を聞いたフラビィフ家の親子が我が家にやってきて何だかんだと言っていたけれど、すぐに追い返したわ」

ふん、と鼻で笑う母の話を聞いて、リンジーは真っ青になった。どうしよう。これで商売に影響が出てきてしまったら。どう償えばいいのだろう。やはりこちらが勝手にやってしまったことで家族に迷惑がかかっていたのだと思うと気が気ではなくなった。

「元々私の友人を通してどうしてもっていうからこのお見合いを受けたのよ。王家御用達とか何とか言っているけれど最近では仕入れる品の質も落ちているし、信用もガタ落ち。王室は一応義理でお付き合いしているようなものだけれども、見放される日はそう遠くはないわね。それで落ち目になった家業を盛り返そうとうちに見合いの話を持ってきたのが見え見え。自分のところで仕入れた品をうちに独占的に卸しますからとか言っていたけど、それのどこにうちに旨味がある話なのって感じよ。ねぇ？　ギルちゃん」

「ああ」

「そもそもリンジーが気に入らなきゃ結婚させる気はさらさらなかったしね。それも先方には伝えていたのよ。でも、お見合いをすることでリンジーの中で結婚に対する意識が芽生えたらいいなって思って、とりあえず会わせるだけ会わせたの。ねぇ？　ギルちゃん」

「んむぅ」

「それで話しているうちに夜会に連れて行ってくれるって言うじゃない？　ドレスも贈ってくれるって言うし。それだったらただでドレスが着れて、なおかつ社交界にリンジーの顔を売り込むことができるんじゃないかって考えたの！　本当、大輪の華のように美しいリンジーの姿を見て誰かが一目惚れとかしてくれたら、そこからまた新たなロマンスが生まれるって思って私ドキドキしちゃって！　ねぇ！　ギルちゃん!!」

「むんっ」

ああ、なるほど。すっかりと忘れていた。

この母、商売人の妻に相応しいくらいに打算的な人だということを。

話しているうちに興奮してきたのかきゃぴきゃぴ言いながらギルバートの背中を叩いている。ギルバートもギルバートで何故かまた目をかっ開いて唸っているが。

先ほどまでの贖罪《しょくざい》の気持ちが阿呆らしくなるほどの打算的な考えを目の前で繰り広げられて、何だか一気に脱力してしまった。どうやら心配ご無用ということなのだろうか。

「それでもってお見合いを断られて、当のリンジーが団長といい仲だって噂が聞こえてきたからって抗議に来るなんて厚かましい話よね。断った上で他の男と懇《ねんご》ろになろうと文句を言われる筋合いはないわよ。自分だってあの夜会の後にニーナグレイ未亡人とよろしくやっていたくせに腹の立つこと！」

「え？」

あの夜会の後、サイジルはあのニーナグレイ夫人と寝たということなのだろうか。あの好色で有名なニーナグレイ夫人と。

見合いのすぐ後であんな噂を聞いたらいい気分ではないだろうし、サイジルが怒るのも当然だと思って怒りは真摯に受け止めようと思っていたが、まさかサイジルもあの夜、人には言えないようなことをしていたとは。どうやらサイジルに対しての罪悪感は捨てていいものだと知って心の中で安堵する。

「親子そろって偉そうなことばっかり言っちゃってね！『いいんですか？このままではうちとの繋がりを持てなくなりますよ？これはそちらにとってはかなりの損失のはずだ』ですって！それはそっちでしょう!?うちはそんな潰れかけの貿易商と取引できなくなっても潰れるようなボロい商売はしてませんってのよ!!あー！頭にくる!!」

ああ、もう母の手にあるハンカチが破けそうだ。よほどフラビィフ親子に腸が煮えくり返ったことが分かる。

そもそも相手がそんな調子ならリンジーがあの時断らなくても即刻見切りをつけていたかもしれない。思い切りのいい人だ。よ過ぎてたまに暴走することもあるが。

とりあえずまぁ落ち着けとギルバートが母にお茶を差し出す。母は黙ってそれを飲み一息ついたところで、『リンジー』と柔らかな声で呼んだ。

「だから貴女は何の気兼ねもなく恋をしなさい。心ときめかせなさい。仕事人ではなくて乙女になりなさいな」

確かに母が言うように気兼ねをすることもないし、恋も実はしてしまってはいるが……。実りの望めない恋だ。きっと当分は母の期待には応えることはできない。

「別に団長とでもいいのよ？　まぁ、あの人かなりの色男だから苦労しそうだけど」

「その前に俺は貴族とは反対だ」

「まぁギルちゃん。たまに口を開いたと思ったらそんな頭の固いことしか言えないなんて……。お母さんがっかりだわ」

「むぅ……」

渋い顔をしているギルバートの顔を見てリンジーもクスリと笑う。

楽しい時間は帰りの馬車に乗る瞬間まで続いた。

◇◇◇

最近気になることがある。

しかも二つもだ。

一つは本当に瑣末《さまつ》なことだ。

そうなるだろうなという予測はおおよそついていたし、ある程度覚悟していた部分があるために然程《さほど》気に病むこともない。理解できない部分もあるのだが。

例えばそう。

こんな感じに。


「あらぁ。ごめんなさいねぇ。まさか貴女がこちらに来るだなんて思わなくて」

「────……………いえ」

嘘を言え、嘘を。今明らかに自分がこちらに向かってくるのを見て傘を出して転ばせようとしたくせに。リンジーは眉尻をひょいと上げながら、目の前の女を睨みつけた。


今日はちょうど職場に置いてある茶葉がなくなったのでお昼休みの時に買い出しに出ていた。給湯室に紅茶やコーヒーなどを常備しておかないと残業で根を詰めている人が夜中発狂する可能性があるので、一時たりとも欠くことはできない。

その帰り道のこと。もうすぐ官舎に着くという時に、門扉付近で三人ほど綺麗に着飾って日傘を差しているご令嬢達がいた。

よくある騎士団のファンの出待ちとかなのかと思ったが、リンジーがその横を通り過ぎようとした時にすかさず傘を足元に出して転ばせようとしたところを見るとどうやらそうではないらしい。

幸い無様に転ぶことなく踏ん張って耐えることができたが。

これはあれだ。

最近よくリンジーの元に出没してくる、ユーリとの噂をよく思わない女達だ。

ここのところ飽きることなく現れるこの手の女は意外と多い。三日と空けずにやってくるのだから相当暇とみえる。こちらはこんなことにかまける時間が惜しいくらいに仕事に追われているというのに。

「貴女でしょう？　最近ユーリ様に纏わりついているっていう平民の女は」

「…………はぁ」

何で皆同じセリフから入るのだろう。もう毎回聞かれるのも面倒だから首からぶら下げておこうか。『私がリンジー・ウォルスノーです』と。それとも『私が団長に纏わりついている女です』の方が分かりやすいだろうか。

実際こんな皮肉まで出てくるほど最近のリンジーの心は荒んでいる。毎度このパターンは飽き飽きだし面倒くさい。

「ふてぶてしい顔ですわね。態度もそうですけれど」

「嫌ですわ、メアリ様。だからこそ厚かましくもユーリ様に付き纏ったりできるんです」

「身のほどを知らない人よね。ユーリ様はお優しいから邪険にしないだけだってお分かりにならないのかしら」

「見るからに鈍そうですもの。人の心の機微など分からないのでは？」

「嫌ですわね。平民の女というのは繊細な心も持ち合わせていませんの？」

「生まれが卑しいから仕方がございませんね」

姦《かしま》しい、姦しい。

よくもまぁここまで初対面の人間をこき下ろすことができるものだ。しかも今回の相手は貴族令嬢なので身分差別的な発言も容赦なく出てくる。人間的に卑しいのは果たしてどちらなのかとこんこんと問い詰めたくなる。

いや、でもしかし。このくだらない話が続くのであればもう行ってもいいだろうか。あまりぐずぐずしていたら昼食を食べ損ねそうだ。

「貴女は知らないかもしれませんが、ユーリ様にはシャロン様という縁談相手がおりますの。貴女の出る幕はなくってよ」

「そうよ！　貴女がユーリ様に付き纏っているのを聞いてシャロン様がどれだけショックを受けていらっしゃることか！　あまりの衝撃に最近はお部屋から出てこなくなったんです！」

「身のほどを弁えなさい！　この平民女！　ユーリ様はシャロン様のものです!!」

これだこれ。

今までの文句は言いがかりに近いものだったがそれでも理解はできる。唯一理解できないのがこのくだりだ。

「あの、御三方はシャウザー伯爵御令嬢とは近しい仲なのですか？」

一応確認のためにそう聞くと、三人が三人とも得意げに『仲の良いお友達です』と答える。ならこれは篤《あつ》い友情ゆえのことなのか。それでも腑に落ちないが。

「貴女方が仰っていること、団長に近づくなというのを伯爵御令嬢本人から言われるのは納得できるのですが、伯爵御令嬢とお友達というだけの貴女方が何故文句を言うのです？　全く関係ないのでは？」

シャロン本人に言われるのは分かる。けれども何故関係ないはずのお友達が当人不在のままここまで出張ってくるのか、それが理解できない。

「私達はシャロン様の代弁者ですわ！」

「では、伯爵御令嬢はそう私に言ってほしいと貴女方に頼んだってことですか？」

「そ、それは……、そういうことではないですが……。でもそう思っていらっしゃるはずです！」

「そう勝手に解釈して、勝手に私のところにやってきて、勝手に伯爵御令嬢の名を借りて私に文句を言っているということですか？」

「か、勝手になど失礼ですわね!!　私達はシャロン様を思って……！」

リンジーに傘を引っかけた、頭に羽根飾りを挿している御令嬢がますますヒートアップしてくる。

なるほど。これが世間一般的な貴族世界における美しき友情というものだろうか。リンジーが平民でかつ男社会に生きる人間だからそういうのに疎《うと》いのかもしれないが、それでも自分の友達が同じような境遇に立ったのなら友達に励ましや叱咤《しった》の言葉を言っても、ずけずけとしゃしゃり出ては来ない。助太刀を求められたのならまだしも、あくまでそれは本人達の問題ではないだろうか。

（シャロン嬢を思って、ね……）

どこまでそれが本心なんだか。見え透いた建前のように思えて鼻白む。

「用はそれだけでしょうか。急いでいますのでこれで失礼します」

今日は残業は確定だからここで昼食をとれなくなるのはイタい。できればこんなところで無駄な時間を消費せずにゆっくり食べたいところだ。

それにこれ以上の話の展開は望めないだろう。もうちゃんと黙って文句も聞いたし十分ではないだろうか。

「お待ちなさい！」

その場を離れようとすると、あの羽根飾りの令嬢が自らの身体を張ってリンジーの行く手を阻んできた。まだ何か？　と一瞥《いちべつ》すると、令嬢がうっすらと笑みを浮かべる。

「今日、シャロン様がユーリ様に会いに来ていらっしゃるのよ」

その言葉にリンジーの頬が一瞬引き攣った。

「分かるでしょう？　お二人は想い合っておりますのよ。貴女が邪魔なの。ユーリ様もそう思っているわ」

とっておきの切り札をここぞという時に出せて満足なのか、それとも何も言わずに立ち尽くすリンジーをいい気味と思っているのか。令嬢達の顔が見る見る間に愉悦の色に変わっていく。

「だからここでもう二度とユーリ様に近づかないと宣誓なさい。平民風情が出しゃばった真似は致しません、と」

クスクスと小馬鹿にしたような笑いをリンジーに向けて自分勝手に命令をしてくる彼女達を見て、いい加減溜息の一つでも出そうになる。ここでそれをしてしまえば火に油を注ぐのは、同じようなシチュエーションを幾度となく繰り返してきたので勉強済みだ。

「できかねます。私は騎士団担当ですので団長とは仕事の付き合い上近づくなというのは無理な話です」

「担当を代えてもらいなさいな。それともお仕事自体を辞めてもいいのよ？」

「無理です」

仕事を何と心得るか。いや、貴族の御令嬢にそれを説いたところで無意味か。

「お父様に言って貴女をくびにしてもらってもいいのよ！」

「そうですか。ご勝手に」

こんな脅しで屈すると思っているところが浅はかだ。この女性の父親がどんな立場であるにせよ、こんなことでリンジーをクビにする人間など高が知れている。


いい加減馬鹿らしくてもう正面突破を諦めて裏門から入ろうと踵《きびす》を返す。ぐるりと回らなくてはいけないから面倒ではあるが、あのままあそこにいる方が無駄が多い。

正門から離れて行ってしまうリンジーの背中に令嬢達が『逃げましたわよ』とか『お待ちなさい』とか喧しく声を浴びせてきたが、深追いするつもりはないらしい。

ようやく面倒ごとから逃げきれたリンジーは、ほっとしながら裏門を目指して足を進めた。

正直面倒ではあるが、これはリンジーの日常の中では瑣末なことだ。女何人に囲まれても、あのモルギュストに詰め寄られた時の恐怖には敵わない。

そう。大したことはないのだ。
最近よく聞くあの噂に比べれば全然気に病むものでもない。
――ユーリがシャロンと頻繁に会っている
この噂に比べれば、あんなもの。

裏手門から官舎に帰ろうとしたところ、官舎と隣り合う騎士団本部の裏手にある生垣の上から見慣れたアッシュグリーンの髪を見た気がして足を止めた。気のせいかとも思ったが、でもあの色を見間違うはずがない。毎日見ているのだ。

声をかけようかと思ったが、話し声が聞こえてきたのでどうやら誰かと一緒らしい。

ならばここは邪魔をしないように黙って通り過ぎようと思って、忍び足になりながら歩き始めた時だった。


「だからもう少し我慢をしてくれって言っているんだ、シャロン」

ユーリの張り詰めたような声が聞こえてきた。

『シャロン』という名前にドクリと心臓が鳴り、不安が一気に押し寄せてくる。そしてまた立ち止まった。

生垣のせいで見ることができないが、恐らくその場にいるのだろう。

ユーリの縁談の相手だったシャロン・シャウザー伯爵令嬢が。

怖くなった。

このままここにいたら、聞いてはいけないことを聞いてしまうのではないかと。

けれども動くことができなかった。

相反するように、あの二人がこんな人目につかないようなところで何を話しているのかを知りたいと思ったから。聞いてこの内で燻《くすぶ》っている不安を消し去ってしまいたかった。

「何で我慢する必要があるの？　いいじゃない好きなんだから」

「だから今は時期が悪いんだ。分かってくれ」

「嫌よ。ずっと我慢し通しだったのよ？　これ以上は待てない」

でもどうやらこの会話はリンジーの不安を消し去ってくれるものではないらしい。むしろそれを助長するものでしかなかった。

ユーリがシャロンに我慢をしてくれとお願いをし、シャロンはそれは嫌だという。好きなのだから我慢する必要がないし、今まで我慢していたのだと。

ユーリのその声は何とかシャロンを宥めようと必死なことが伝わってくるし、シャロンも頑なで譲る気がなさそうだ。

先ほどの令嬢達の言葉もあって疑心暗鬼になっているのだろうか。あの会話からネガティブなことしか想像できない。

もし、一度縁談は断ったもののシャロンが諦めきれずにユーリに想いを寄せているのだとしたら。ユーリも次第にそんなシャロンに好意を寄せるも、リンジーのことがあるのでもう少し待ってほしいと言っているのだとしたら。あの令嬢達が言ったとおりだとしたら。


——自分が二人の恋路を邪魔しているのだとしたら

それが本当ならば、どうしたらいいのだろう。

まだできていない、別れの準備なんて。

この関係をずっと続けていきたい。まだ終わらせたくない。まだ隣に並んでいたいとそう思っているのに。

ズシリと圧しかかる現実と哀しみと苦しさで身体が崩れ落ちそうになった。


「ユーリ。いい加減に決めてよ。私、待ち草臥《くたび》れてしまったわ」

ああ、そうか。

『シャロン』に『ユーリ』、ね。


思わず自嘲の笑みが零れた。

結局はユーリがどんなに隣にいて優しくしてくれようとも、所詮は忘れられた女だ。お互い名前を呼び合ったのも一夜の儚い夢のこと。忘却の海に沈んでしまった今となっては何も意味を成しはしない。

ユーリは好きな女がいると言っていたが、あれはシャロンのことだったのだろうか。よく分からない。

あれだけ一緒にいたのに、いつの間にかこんなにシャロンとの距離を縮めていることにも気がつけなかったのだ。リンジーなどに推し量れるわけがない。

何だかんだと言いながら自惚れていたのかもしれない。ユーリの好きな人がユーリに振り向いていない今、彼に一番近いのは自分であると。思い上がりもいいところだ。

やはりあの時にちゃんと断っておくべきだった。真実を告げるつもりがないのなら中途半端に側にいるべきではなかったのだ。

ユーリのリンジーを心配する心を利用して少しでも側にいたいなど、何ておこがましい。

（私は大馬鹿だ……）

これ以上は聞くことができなくて、足早にその場を去った。


それから、ユーリとの関係を再度考える機会が増えた。

仕事をしている時は没頭しているので考えることはないが、ふとした時、例えば昼休憩の時間や騎士団本部に向かう束の間の時間などに頭を過ぎる。

一番頭を占める時間は家に帰って一人で壁にかけられたユーリの外套を眺めている時だ。

いまだに返すことができずにいるあの夜の証。それに何度も問いかける。

（私はいつまでその隣を歩いていいのでしょう）

応えがないのは知っている。多分それを決めなくてはいけないのはリンジー自身なのであることも。

ユーリの隣に並ぶのは緊張はするけれど心地よかった。物凄く幸せだった。

その手の温もりや普段見せないムッとした顔、『守る』と言った意志の強い声、モルギュストから救ってもらった時の背中から広がった安堵《あんど》感。どれもがこれ以上ないほどにリンジーを幸せにしてくれた。

なら、それ以上彼に何を求めるのだろう。

ユーリの本来の幸せを奪ってでも側にいたいなど、身勝手にもほどがある。ちゃんと自分の好きな人と結ばれて幸せになる権利がユーリにはあるのだから、それを邪魔する自分は大人しく身を引くべきなのだろう。


あの夜の真実は箱に隠して鍵をかける。

もう自分を襲う暴漢などいない、一人で大丈夫だと告げて、また以前のような仕事上だけの付き合いに戻る。

正しい形に戻して全てが大団円。

それだけのことだ。何も難しいことはない。

――けれど
「……好きです、団長」


この気持ちはいまだに上手く昇華できそうにない。

物言わぬ外套に顔を埋め、その温もりを探す。


一度は決めたこの気持ちとの別離。けれどもあの夜をきっかけに生じた恋愛モラトリアムは、ユーリへの気持ちを増長させるには十分だった。

知ってしまった者達への未練が半端ない。

頭では冷静になれ諦めろというのに、恋心は涙を零しながら離れがたいと叫ぶ。

「好きです」


あの柔らかい笑みも。

ペンや剣を握るあの温かな武骨な手も。

少し子供っぽく拗ねて見せるところも。

リンジーのために怒鳴ってくれる正義感があるところも。

『守る』と言ってくれた優しいところも。

——何もかもが、全部

「……好き」

◇◇◇

「すみません。今日も遅くまで残業になりそうです」

「そうか……」

今日も官舎の玄関付近で待っていたユーリにそう告げると、少し残念そうな顔をしていた。寒空の下待っていたせいか鼻の頭が赤く染まっている。

「団長、ですから前にも言った通りここで待っていてくださる必要はありません。恐らく仕事が終わるのはよくて真夜中、最悪徹夜になることもあるんですから。先の読めないことに団長を付き合わせるわけにはいきません」

この時期の財務省は忙しい。

年明けから議会が予算審議に入るために、今月末までに予算案を作ったりそれに付随する資料を作ったりと何かとやることが多い。

それに加えて、新しく次官に就任したブレアフォンがその仕事にまだ慣れていないために、彼のバックアップも必要になってくる。それでも昨年まで全て部下に丸投げして自分はさっさと定時に帰っていたモルギュストがいた時よりは、だいぶはかどってはいるのだが。

そのためこうやって毎日リンジーが帰るのを待ってくれているユーリに遅くなるので待たなくてもいいと伝えているのだが、彼は素直に引き下がってくれない。いつだってその責務を何とか果たそうとしてくれている。

それが今リンジーの心を苦しめているとも知らずに。

「帰りが夜中になるのなら尚のこと物騒だろう」

「夜中までここで待つつもりですか？」

「いや、執務室で仕事をして待とうかと」

真面目にそんな無茶なことを言うユーリに、思わず溜息が漏れる。

「馬鹿なこと仰らないでください。もうすぐアウグストに向けて出発するんですよ？　肝心な団長が当日体調を崩されたら目も当てられません」

ユーリ達グロウスノア騎士団はあと五日で軍事演習のためにアウグストに発つ。全日程十日間の長丁場になるというのに、長であるユーリが率先して体調を崩すようなことはさせられない。

「心配は無用です。帰りは同じ独身寮の人と一緒に帰るようにしますから。だから団長も帰ってください。明日からも待ち伏せは不要です」

今度こそと念を押すように強めに言うと、ユーリは苦笑しながらようやく『分かった』と言ってくれた。

「ちゃんと送ってもらえよ」

「はい」

「帰り道に変な奴がいたら大声上げて走って逃げろ」

「はい」

「あと……」

まだ何か心配なのかとムッとすると、ユーリの手が伸びてきて目元にそっと触れた。

「随分と疲れた顔をしている。ちゃんと適度に休憩は取れよ。お前は疲れるとすぐに喉にきてそのまま風邪をひくから心配だ」

「そんなことは……」

「違うか？」

「……………違わないですけど」

何故そのことをユーリが知っているのか。あんまりそういう弱った姿は見せないようにしていたのに。

いつの間にか自分の知られたくない部分を知られていたことに狼狽して言葉が詰まった。その通り過ぎて言葉が出ないし、気恥ずかしいやら何やらでどうしていいのか分からなくなっているところに、ユーリがその触れている手でそっと頬を撫でた。

そっと慈しむように触れる動きは愛撫のようで、その際どさにドキドキしてくる。

いつの間にかユーリはリンジーとの距離を一歩詰めていたようで、先ほどよりも顔が近くにある。綺麗な灰色の瞳の中にリンジーが映っているのを見た時、ハッとして慌ててユーリの手を振り払った。

「団長の忠告は全て了承しましたので、これで心置きなくお帰りください。団長だって鼻の頭を赤くして。早く暖まらないと風邪をひきますよ」

これ以上雰囲気に呑み込まれないようにそっぽを向きながらそうユーリに帰宅を促す。

「あとこれも差し上げますので、ちゃんとケアをしてくださいね」

ポケットから取り出してユーリの目の前に差し出した甘露飴。いつだったかもこうやってあげたことを思い出す。

「ありがとう」

あの時のように快く受け取って口に甘露飴を放り込んだユーリは、最後まで気をつけて帰れよと言い続けて去って行った。

その後ろ姿が見えなくなるまで見送った。

こんなの未練がましいとは思いつつも、こんな風に会うのもあと少しだと思うと後ろ姿だって名残惜しい。

リンジーはなにごとにおいても準備が大切だと思うし必要だと思う人間だ。

これも、ユーリとお別れするための準備。

突然さよならを告げてもちゃんとこの関係を断つことができるように、徐々にこうやって距離を置いていこうと決めた。今の忙しさはありがたいものだ。


彼の前では平静にいられるように。

上手くこの関係を断ち切れるように説得力のある話ができる冷静さを保てるように。

『私は一人でも大丈夫』と言えるように。

大丈夫。

今までも同じようなことは何度もやってきた。いつもと同じように鏡の前で練習を繰り返して本番を迎えるだけだ。しくじりなどはしない。今までちゃんと成功させてきたのだから。

元の状態に戻るのだと思ったら何てことはない。


吹きすさぶ風に身体を一瞬震わせ、そろそろ仕事に戻らなくてはと思い返す。

まだまだ夜は長い。仕事だって机の上に山積みだ。

この感傷的な気持ちをなくして仕事に打ち込むために甘露飴を舐めた。糖分は疲れた頭を回復させてくれると聞くが、本当だ。少し頭が冴えてきた。

今日の飴は少し甘過ぎる気もするが。

「……頑張ろう」

職場に戻る途中、静かな廊下でひとりごちた。


忙しさというのは時間の感覚を狂わせるものらしく、気がついたらあれから四日経っていた。

「明日からグロウスノアはアウグストに行くんだろ？　今日顔出して励ましの言葉でも言いに行った方がいいんじゃないの？」

ノールグエストのその言葉で、ようやくもうそんなに日が経っていたのかと気がついた。

あれから仕事で話す以外ではユーリには会っていない。

あの時のリンジーの言葉に従い、夜に外で待つことはしなくなった。リンジーもリンジーで官舎の中で仮眠を取り、朝にシャワーを浴びて着替えをしに家に帰ってまた官舎に戻るという生活をしている。

「……そうですね」

正直、卑怯なことを考えていた。

このまま会わなくなって、ユーリは明日アウグストに発ちまた十日は会えなくなる。そうしたら明確な言葉で伝えなくても有耶無耶《うやむや》のままでさよならができるのではないかと思ったりもしたのだ。

けれどもノールグエストの言葉で、それは無理な話であると思い出す。

あの令嬢達にも言ったようにリンジーが騎士団の担当になっている限りユーリとは顔を突き合わせるだろうし、あのユーリのことだ、きっと繁忙期を抜けたら元に戻ろうとするだろう。

そんな馬鹿なことを考えていたなんて、疲れと寝不足で頭が正常に働いていなかった証拠だ。

「お言葉に甘えて、励ましの言葉でもかけてきます」

これ以上言葉にせずにいるのはお互いのためにもならない。

しっかりと準備を重ねてきたのだから逃げずにユーリと話そうと席を立ち上がった。


執務室の扉をノックすると中から可愛らしくおっとりとした声が聞こえてきた。この声はマリアベルだろう。室内にユーリ一人ということはなくて内心ホッとした。

「失礼します」

中に入ればマリアベルどころかレグルスもいて、いつものメンバーが勢揃《せいぞろ》いだ。

「こんにちはぁ、リンジーさん」

花が綻ぶような笑顔でリンジーを快く迎えてくれるマリアベルの隣で、噛みついてきそうな勢いでこちらを睨みつけるレグルスがいる。またマリアベルを虐《いじ》めにきたとでも思っているのだろうか。

ユーリはといえば、遠征前で仕事に追われているのか机の前で忙しそうにしており、こちらをちらりと見て軽く手を上げてまた仕事に戻った。

「こんにちは、皆さん。一応、その、出発前にご挨拶をと思いまして」

「わぁ！　ありがとうございます！　良かったですね！　団長！」

「ああ。わざわざありがとう」

マリアベルやユーリはそう言ってはくれているが、本当は邪魔をしただけではないだろうか。皆が皆忙《せわ》しなく動いている中の来客は歓迎されないものだ。

「お忙しいのにすみません」

「何言っているんですかぁ。リンジーさんだって今忙しいの私知ってますよぉ。そんな中わざわざ時間を割いて来てくださってありがとうございますぅ」

「最近顔を見なくて清々していたのにな！　マリアベルちゃぁん……。邪魔だったらちゃんと邪魔だって言ってもいいんだよ？　こいつ傷つくとかないから」

「酷いです！　レグルスさん！　そんなことないですからね！　リンジーさん！　全然邪魔とかじゃないですからぁ」

「大丈夫ですよ、マリアベルさん。オーウェン副官のそれはいつもの憎まれ口だって分かってますから」

「けっ！」

そうは言ってはくれているが長居はできないだろう。

できればアウグストに発つ前にユーリと二人きりで話しておきたかったがそれは無理かもしれない。せっかく覚悟を決めてここまで来たが、徒労に終わりそうだ。

「準備は順調ですか？」

「はぁい。ばっちりですよぉ。荷物の詰め込みはほぼ完了してて、後は確認するだけなんですぅ」

「それは何より」

無闇な抑圧がなくなったために新しく荷馬車を購入し、道中負担がないように計らった。あの襤褸馬車も新調することを提案したが、あれはあれで構わないらしい。使えるものは使い倒すのだとユーリが言っていた。

荷物を運んで最終確認が終わったら今日は早めに解散になるだろう。明日は早朝四時に出発の予定だ。

「道中お気をつけて。演習が成功することをお祈りしています。アウグスト伯にもよろしくお伝えください」

「ああ。ありがとう」

「けっ」

さて、伝えるべきことは伝えた。リンジーにも片付けるべき仕事が待っているし、早々にお暇しよう。

最後にユーリの顔をしっかりと見ておきたかったが忙しそうだし、変に脳にその顔を焼きつけたまま離れたら余計に未練が募りそうだ。


「それでは失礼し……」

「あー！　そういえば私達ぃ搬入物の確認しなくちゃいけないんでしたぁ！　そうですよね？　レグルスさん」

「え？　えぇ？」

帰りの挨拶《あいさつ》をしようとしたところ、途中でマリアベルのわざとらしい声で遮られてしまった。振られたレグルスも驚いて戸惑っている。

「ほらほらぁ！　行きますよ！　レグルスさん」

レグルスの腕に抱き着いて引っ張るマリアベルは強引に部屋から連れ出そうとしている。マリアベルの柔らかそうな胸が腕に密着して興奮しているのか、レグルスが顔を真っ赤にしながら鼻血を出していた。

「うんっ!!　行こうっ!!　俺、マリアベルちゃんとだったら何処にでも行くっ!!」

大丈夫だろうか。

貧血になりそうなくらいの量の鼻血を垂れ流していたが、途中で昏倒《こんとう》したりしないか若干心配だ。

マリアベルに犬のように連れて行かれるレグルスのことを案じながら二人を見送ると、ぱたりと静かに執務室の扉が閉まった音でハタと気がついた。二人きりになってしまったと。


これはチャンスだ。二人きりで話をすることができる。

予期せず舞い込んできた機会にドキドキしながらも覚悟を決める。

あとはどう話を切り出すかだけだ。

振り返ってユーリを見れば、彼もまた仕事の手を止めてこちらを見ていた。

窓から差し込む日の光でアッシュグリーンの髪の毛が淡く光り、顔に陰翳《いんえい》ができている。その陰の中でも煌いて見えるあの灰色の瞳に貫かれるように見つめられているかと思うとゾクゾクした。『まずい、かっこいいな』とついつい見惚れてしまうのは毎度のことだが、そんな彼が見ているのは自分だと思うとたまらなくなる。

「ちゃんと適度に休憩を取っているか？」

「はい」

「嘘《うそ》を吐け。この間より酷い顔になっている」

いつも通りの会話。相も変わらずこちらのことなどお見通しだ。

「財務省に行けば皆さん今は同じような顔をしていますよ」

「違いない。確かにノールもこの間そんな顔をしていた」

そんなことを言って笑うユーリこそ疲れたような顔をしている。やはり何かと忙しかったに違いない。それでもリンジーの身を案じて夜中まで待ってまで送ろうとしていたのだから、この人はどれだけお人よしなのだろう。

「ありがとうな、ウォルスノー。こうやって軍事演習を実現できたのもお前が頑張ってくれたおかげだ」

「いえ。皆さんのご尽力のおかげです」

「そうかもな。でも俺はお前に礼を言いたい。ありがとう。これで俺が理想とする騎士団にまた一歩近づけたような気がするよ」


ああ、泣きそうだ。

ユーリのその一言で胸の内からじんわりと温かなものが広がって、迸るように喜びが身体中に広がってくる。


そうだ。これだけでよかったじゃないか。

初めから仕事で認められていればいいと思っていたじゃないか。いつか終わりを迎えてしまうと不安に駆られる男女の関係よりも、ずっと安心できていつまでも側にいることができる仕事仲間でいた方がいいのだと分かっていたはずなのに。

いつからこんなに欲張ってしまったのだろう。

あの夜、激情に流されるがままにそのラインを越えてしまってからずっと恋の熱に浮かされて、余計なことをぐるぐると考え過ぎていたのかもしれない。手を伸ばせば触れられる位置にいられたことに舞い上がってしまっていた。

ただ仕事で肩を並べられる、頼ってもらえるような存在になる。この恋を仕事の原動力として昇華していくと決めたあの頃に戻ろう。

ユーリとの一晩の艶事はリンジーの宝物としてそっと心の中に仕舞い込み、忘れずにいればいいだけの話だ。そうすればきっとあの時の自分は可哀想なものにはならない。綺麗な想い出のままリンジーの中に息衝いていく。あれは自分の最良の日だったと笑って思い出せる日が来るはずだ。


「それと、お前忙しいのもあと三日で終わるだろう？　そうしたら送り迎えをシュゼット殿に頼んでサンドリオンの騎士にお願いすることにした。一応変な噂《うわさ》が立たないように男女一人ずつ貸してもらう手筈は整えたから、ちゃんと毎日家まで送ってもらえよ」

「いえ、団長。それは必要ありません」

ユーリのその言葉をすかさず拒否すると、きょとんとした顔でこちらを見つめてきた。それがだんだんと焦りの色になり、席を立ってこちらにやってくる。

「どうして？　俺がいない間は誰かに付き添ってもらった方が安心だろう？」

「大丈夫です。一人でもちゃんと帰れますから」

目の前までやってきたユーリが心配そうな顔をしている。思わず顔を背けてしまいたかったがグッと堪えた。必死に冷静な顔を取り繕い、自分の心の中を曝け出さないように真っ直ぐにユーリを見据える。

「どうした？　遠慮しているのなら大丈夫だ。シュゼット殿にはこの間のモルギュスト殿の件を出したら快く承知してくれた」

「いえ。遠慮とかではないです。ミリオンドレア団長には私の方から断りを入れておきます。すみません。いろいろ配慮していただいたのに無下にしてしまい」

「ウォルスノー？」

いよいよユーリもただ遠慮しているわけではないと気がついたのだろう。こちらの意図を窺うような目を向けてきた。

「それに団長。団長の警護ももう必要ありません。今日限りで終わりということにしていただきたいのです」

あくまで冷静に、むしろ冷淡に聞こえるくらいに静かな声でユーリに告げた。それによってユーリが一瞬傷ついたような顔を垣間見せたが、すぐに元に戻った。

「何故、と聞いてもいいか？」

やはりすぐには『はい、そうですか』とはならないらしい。訝《いぶか》しげな顔をしてリンジーの瞳を覗きこむ。

「私が必要性を感じないからです」

「そんなことないだろう？　いつまたあの時のように危険な目に遭うかもわからない」

「それは誰にでも言えることでは？　皆人生でいつ何が起こるかなんて予測して生きてはいませんよ。それにあれからだいぶ日が経っていますし、そこまで警戒する必要はないかと思います」

「俺が不安なんだ。俺が側にいて守ってやりたいんだよ」

「私に団長のそのエゴに付き合えと？　心配の押し売りは結構ですよ」

目を眇《すが》めて、冷ややかな視線を送る。

酷い言い草だとリンジーは自分で言っていて泣きそうになった。これ以上酷い言葉を言いたくないのに、自分の言葉で傷つくユーリなど見たくはないのに今は敢えてその道を選ぶことしかできない。こんな、自分がユーリを傷つける日が来るなんて思いもしなかった。

「お前分かってるのか?!　お前にあんな大きな痣を残したような奴だぞ?!」

「分かっています。それにその人はもう二度と私を襲ったりしないことも知っています」

「はぁ？　何言って……、ああ、そうか。お前はそいつが誰だか知っているんだもんな。そいつに何か言われたのか？　脅されたとか」

「いいえ。そんなことありません」

訳が分からないという目を向けられたが、それがだんだんと怒りに変わっていくのが分かった。それが蔑みに変わるのかと思うと胸が抉《えぐ》られるように痛む。

「万が一また襲われたらそれは私の自業自得です」

「ウォルスノー!!」

その怒声と共にユーリの拳がリンジーの後ろにある壁に打ちつけられる。その自暴自棄ともとれる言葉に怒りを感じたのだろう。当然だ。ユーリからしてみればそれは随分と自分勝手な話で、ともすれば自分の心を踏みにじられたようなものだ。怒って然るべきだと、リンジーはそれを甘んじて受け入れた。

そうは思いながらも、もうユーリの目を見て話すことはできそうになかった。顔を見られたら全て見透かされるような気がして怖くなって身体ごと反転させて、ユーリに背を向けた。

「団長には言っていなかったですけど、あの時確かに最初は無理矢理に組み敷かれました。けど、……私は途中から受け入れたんです、彼を。抱かれてもいいって思ったんです」

後ろからユーリの息を呑む音が聞こえてきた。

「だからもう一度襲われても、私はそれを受け入れるでしょう。そんな馬鹿な女に付き合う必要はないってことですよ」

顔の横に置かれた拳が白く血色がなくなるほどに握り締められる。そんなに握り締めたら掌を傷つけて剣を持てなくなってしまう。止めさせたかったがその手に触れてしまうことは躊躇われた。

これだけのことを言っておいて『剣が握れなくなりますよ』なんて言ったところで白々しい。

「……そいつは遊びでお前を抱いたのかもしれない。次があったとしてもまた遊びかもしれないんだぞっ」

「承知の上です」

「じゃあ、何故俺が守ると言った時、承知したんだ」

「それは団長が強引で仕方なくです。それにあんなことがあった後で心が弱っていたというのもありました。団長の優しさを利用したんです」


こんな馬鹿な女軽蔑していい。

守る価値もないと唾棄して打ち捨ててもいい。

嘲《あざけ》りも怒りも全て吐き出して、その優しさを本当に想う人に与えてほしい。

「……そんなにそいつのことが好きなのか」

絞り出すようなその小さな声がリンジーの耳を擽る。

触れそうで触れない、体温だけを感じるその距離。そのもどかしい距離が今の二人の全てのような気がした。

「そうですね。……どうしようもなく好きみたいです」

傷ついても忘れられてしまっても、……たとえこの想いが叶わなくても。

貴方の幸せを願ってしまうくらい、貴方《あなた》のことが好きです。

そう心の中で呟いて、リンジーは静かに扉を開けて執務室から出て行った。

薄紫の空の下、グロウスノア騎士団はアウグストへと旅立っていった。

リンジーは官舎の仮眠室で馬の嘶きと蹄の音を聞きながら、そっとその旅の無事を祈った。

終章

吐き出す息が日を追うごとに白くなってきている。はぁ、と溜息を吐くと見事に目の前が真っ白に染まった。

あと少しすればアウグスト領に入る。遠くにそびえ立つ白く雪化粧をしたヒルポネイ山脈を見ながら、随分と王都からは離れてしまったなと少し寂しく思った。

ひと足先にアウグストには冬が訪れていた。肌に突き刺さる凍えるほどの空気や時折吹きすさぶ寒風は容赦なく体温を奪い、予想以上に厳しい旅路になっている。もう少し領の内地に入れば雪が見られるかもしれない。

もちろんそんなことではこの軍事演習を中止になどはしない。事前に防寒対策はしっかりしてくるようにと団員にも伝えているし、これも演習の一環だと思えばまた気の持ちようも変わってくる。

敢《あ》えてこの晩秋の頃、ひと足先に雪の降るアウグスト領を選んだのも、遠征先が必ずしも天候に恵まれているわけではないとその身で感じるためだ。備えは物資だけではない、その一人ひとりの心にも欠くことのできないものである。

「今日はここで野営する。休憩を取りながら準備をするように各隊長に伝えてきてくれ」

「はい」

レグルスに伝達を頼むと彼は馬から下り木に繋いで群れの中へと消えていった。

目の前には大きな川が流れており、今夜はその畔《ほとり》が野営地となる。昨日までは屋根のあるところで寝泊まりしていたが、今夜は寒空の下テントの中での就寝だ
軍事演習の費用が決裁はされたとはいえ、もともとの年間予算がモルギュスとの時に圧迫されていたためにそれほど贅沢《ぜいたく》ができないのが現実だった。余計な出費を抑えるために旅程のうちどこかで野営を挟む必要があり、今日はその日に当たる。

ユーリもテントを張る手伝いをし、団員達の様子を一通り見て回って各隊長達との打ち合わせを行った後に、火を囲みながら皆で夕食をとった。疲れと寒さであまり動けない者が多いかと思ったが、存外皆タフだったらしい。馬鹿騒ぎを起こす輩もいて、それを見ながらの食事は体が温まったし何より気分が紛れた。時折ユーリの心を杭を打つように甚振《いたぶ》る感情を、その時ばかりは忘れることができたからだ。

けれどもひとたびテントに戻り静寂の中一人取り残されると、途端に膝から崩れ落ちたくなる。四肢を投げ出して沈みゆく気持ちのままにその身を委ねてしまいたくなるのだ。

毛布に包まり少し寝ようと思えど眠気は襲ってこない。疲れているはずなのに、目を閉じると先日のことが瞼の裏に蘇ってきて眠りを阻害してくる。

あの時のリンジーの顔や声、そしてあの言葉。

全てが今のユーリにとっては悪夢のようだった。ユーリを裏切りユーリを苦しめ、そして打ちのめす。いっそのこと全てなかったことになればいいと思えるほどに。

自分はいったい何だったのだろう。リンジーと過ごした日々は全て偽りで、ユーリ一人だけがた

だ空回っていたということなのか。体良《てい》く利用されただけで、リンジーの心はすでにあの暴漢に奪い去られていたなんて泣けるどころか笑えてしまう。

これをノールグエストが聞いたら彼は何と言うだろう。『あーあ。馬鹿だねぇ、お前さんは』と呆れた顔をするのだろうか。それとも何も言わずに自棄酒《やけ》に付き合ってくれるかもしれない。

つまりはユーリはこの想いを告げることなく振られたのだ。

しかも最悪の形で。

いつかのノールグエストの忠告が耳に痛い。本当、博打などできなくなってしまった。彼女の心はどれだけ傷つけられてもその男のものになってしまっていたのだ。

その現実に向き合うのが怖くてこうやって演習に身をやつしていたが、いつも夜はそのことに苦しめられる。だからこそとっとと眠ってしまいたかったが、無意識のうちに寝落ちしてしまうまでその願いは毎夜叶うことはなかった。

今夜もそう、睡魔はなかなかやってこない。結局微睡《まどろ》み始めたのは真夜中、もう皆が寝静まってから随分と経った頃だった。


夢は見ない。

それだけが唯一の救いだった。


けれども、その日は違った。

夢と現の間を彷徨《さまよ》い船を漕ぎ出す頃。

夢を見た。


赤い、赤い夢だ。

赤い布が目の前で翻りユーリの視界を遮る。ふわりふわりと舞い上がり、その先を見ようと目を凝らすユーリを弄ぶように覆い隠すのだ。

その先には確かにいた。

あったのだ、誰かの後ろ姿が。

綺麗に結い上げられた黒い髪に、暗闇の中でも白く浮かび上がるような綺麗なうなじ。上等なドレスを着た彼女の背中がユーリへと向けられている。顔は見えない。けれどもユーリはその人を知っているような気がした。


赤が邪魔をする。

煙《けむ》に巻《ま》くように、その顔が振り返った瞬間に。

ぶわっと視界いっぱいに赤が広がり、その先の真実を消し去ってしまうのだ。

ああ、ムカつくな、と悪態を吐いてそれを取り払おうと手を伸ばす。


その瞬間、ユーリは跳び起きた。

寒いはずなのに汗をかいて。

「何だ、今の……」

ぽつりと落ちた独り言がテントの中で静かに響く。その音が何だか現実感がなくて、やけに頭の中に残った。

そして先ほどの夢を反芻し、己がどんな浅ましい夢を見たのかを再確認した。

――ユーリは抱いていたのだ、リンジーを。

あの夜会の赤いドレスを着ていた彼女に触れ、そのうなじや背中に口づけ、愛撫をしていた。顔は見えなかったが、あれはきっと彼女だ。あの日の彼女だ。

――どういうことだ、これは
ユーリは呆然とその暗闇の中、己の夢にただただ戸惑った。

【番外編】　苦くて、甘い

――くしゅん。

そんな小さな可愛らしいくしゃみの音が聞こえてきた。思わずその音のする方向へと目を向ければ、そこには照れくさそうな顔をして両手で鼻を覆うマリアベルがいて、また小さくくしゃみをする。

「大丈夫ですか？　風邪……」

「まままままマリアベルちゃぁん！　大丈夫？　風邪？　風邪なの？　横になった方がいいんじゃない？　もう帰った方がいいんじゃない？」

マリアベルを気遣うように声をかけた瞬間、リンジーのその言葉はレグルスの大声によって掻き消された。自分よりも数倍大袈裟に騒ぎながら心配そうな声を上げる彼の様子に、リンジーはそれ以上何も言うことができずにただ言葉だけが虚しく宙に浮かぶ。それにムッとしなくもないが、そこはもうレグルスだから仕方がないと諦めている。

「大丈夫ですぅ。そんな風邪とか大袈裟なものじゃないですからぁ」

「ええ？　でもくしゃみもしているし、心なしか元気もなさそうだよ？」

「具合が悪いなら大事を取れ、ソフィアランス」

隣で話を聞いていたユーリも心配になったのだろう。上司らしく無理はするなと優しい言葉をかけてきた。

言われてみればその顔はいつもより精彩を欠いているように見える。マリアベルが自覚をしていないだけで、実は体調がすぐれないのかもしれない。

「えぇ～。でもぉ、まだ溜まっているお仕事があるんですぅ。月次報告書の手直しをしなくちゃいけませんしぃ」

そのマリアベルの言葉を受けて、レグルスが思い切りこちらを睨みつけてくる。

確かに今回グロウスノアの団長執務室に来たのはマリアベルに月次報告書の修正をお願いするためではあるが、あのようにレグルスに敵愾心剥き出しで睨まれる覚えはない。リンジーとて仕事には厳しくはあるが、体調の悪い人に鞭を打って働かせるような鬼ではないので、マリアベルの体調が思わしくないのであればまた後日出直す所存だ。

「マリアベルさん。こちらはまた今度でも構いません。まずはご自分の体調を優先にしては如何《いかが》です？」

今にもこちらに飛びかからんばかりのレグルスの視線を鬱陶《うっとう》しく感じながら、リンジーはそう提案をした。すると、マリアベルは困ったような顔をして首を横に振る。

「本当に大丈夫ですよぉ。少し疲れているだけですしぃ、くしゃみもたまたま出ただけですからぁ」

あくまで帰る気はないらしい。いつもは報告書を何度言っても間違える彼女だが、こういう気骨があるところは好ましく感じる。現に仕事も休みがちになどなることはなく、サボっている様子も見受けられない。基本的に勤務態度は真面目だ。

「もしかすると風邪のひき始めでは？　初夏とはいえつい最近まで長雨が続いていましたし。夏風邪は長引くそうなので、あまり軽く見ない方がよいかと思いますけど」

「そうなんですけどぉ……。でも、この程度で休むのもちょっと気が引けると言いますかぁ」

その気持ちは痛いほど分かる。リンジーも恐らく休めと言われても『大丈夫』としか答えないだろう。

けれどもこのままではレグルスも煩《うるさ》いだろうし、リンジーとしてもこれから一緒に月次報告の修正をするにあたり気がかりになって仕方がない。何かいいものがあれば……と考えたところで、そういえばちょうどいいものを持っていたと思い出した。官服のポケットに手を入れて目当てのものを取り出す。

「もしよろしければ、これを飲んでみてください」

そう言ってリンジーがマリアベルに差し出したのは小瓶に入った豆粒大の丸薬で、その場にいた皆がそれを覗きこんだ。

「何だよ、これ」

最初にレグルスが不審そうな声を上げる。いったいマリアベルに何を飲ませるつもりなのだと疑いの目を向けていた。

「私の二番目の兄がバイヤーをやっておりまして、東方の国で見つけてきた滋養強壮と疲労回復に効く薬だそうです。あちらの国では一般的に出回っているものらしいのですが、こちらでも需要があるか知りたいと言われ持たされまして。マリアベルさんがこういうものに抵抗がなければ試していただいて、ついでに感想を聞ければ嬉しいのですが」

先日実家に帰った時にいつもは海外を飛び回っているゲオルグに会うことができ、その時にそう頼まれて渡されたのがこの丸薬だった。どうやら自分でも試してみたものの、普段から疲れというものを感じたことのないバイタリティ溢れるゲオルグではその効果を実感することができなかったらしい。リンジーも含めて数人に丸薬を試してもらい、その効果のほどを聞いて来てほしいと言われていたのだ。

「ちなみに私は疲労回復という面では効果はありました」

「味は？」

「多少の苦味がありますが、飲み込むのに支障が出るほどではありません」

「なら、俺がまず毒味をしてやる。マリアベルちゃんに得体のしれないものを飲ませるわけにはいかないからな」

いまだ半信半疑のレグルスはその身を挺して実験台になるという。そのまるで信用できないとでも言いたげな言い草に引っかかるものはあるが、これで感想を聞くことができる人数が増えるのであればそれはそれでいいかと割り切った。

差し出されたレグルスの手のひらの上に丸薬を一粒のせる。彼は何かを覚悟したかのような顔をして、勢いをつけて口の中に放り込みそのまま飲み込んだ。皆その様子を興味深そうに見守る。

「どうですぅ？」

マリアベルがレグルスの様子を窺《うかが》う。レグルスは目を瞑《つむ》ったまま難しい顔をして『うーん』と唸った後、目を開いた。

「よく分かんない！　これで元気になった気はしない！　けど毒ではないことは確かだと思う！」

胸を張って告げられたその言葉に、マリアベルは戸惑いながらまた丸薬に目を落とした。試してはみたいものの、いまいち踏み切れずにいるといったところか。

「オーウェン副官が仰っているように毒ではありませんし口にして損するものではないので、試してみては？」

ダメ押しとばかりにマリアベルに勧めると、彼女も恐る恐る手を差し出してきた。コロンと一粒手のひらに転がすと、マリアベルの顔が不安そうに歪められる。

「口に合わなかったら吐き出してもらっても構いませんし、口直しに甘露飴も差し上げますよ」

気負わず飲んでほしいということを優しく伝えると、マリアベルはその小さな口を開けて丸薬を飲み込み嚥下した。一瞬眉根がへにゃりと垂れ下がったが、でも直ぐに戻って達成感に満ちた顔をこちらに向けてきた。

「案外イケましたぁ」

嬉しそうに報告をしてくれる彼女の顔を見て、どうにか薬が効いて元気になってくれればいいのだけれど、とその薬の効果に期待をする。

「味はどうでした？」

「仰《おっしゃ》る通り少し苦いですけどぉ、でもぉあのくらいなら大丈夫そうですぅ」

「後で、効き目があったかも教えてくださいね」

「はぁい」

可愛らしい笑顔を向けてくれる彼女の顔が明るくなったような気がする。効果のほどはすぐには実感することはできないが、小一時間ほどで身体が軽くなってダルさも取れるだろう。後は、家に帰ってゆっくりと静養すれば疲れが取れて楽になるだろう。

「もしよろしかったら団長もいかがです？」

ついでとばかりにユーリにも声をかける。できることならユーリにも感想を聞いておきたいところだ。

振り返ってユーリの顔を見ると、彼は不自然に目線を横に逸らし目を泳がせていた。こちらに振ってくれるなとばかりに。

「団長？」

不審な声を上げると、ユーリはこちらをちらりと横目に見て額に手を当てて唸りだした。その様子に首を傾げたのはリンジーだけではない。マリアベルもレグルスもこぞってユーリを注視した。

すると、三人から注がれる遠慮のない視線に観念したのか、溜息とともにユーリは小さくぼそりと話し出した。

「……苦手なんだ。その、薬とかそういう類のものが」

よほどそのことを言うのに躊躇いがあったのだろう。耳の端が少し赤い。

「え？　マジっすか？　団長マジっすか？」

「やだぁ、団長ぉ可愛いぃ」

レグルスとマリアベルの茶化しを受けてユーリはますます苦々しい顔をする。リンジーもその告白に驚き、同様のことを思いはしたが口には出さない分別を持った。皆で口々にからかうのは酷というものだ。ともすればユーリの尊厳を傷つけるかもしれない。心の中にだけ止めておく。『そういう子供っぽい部分も可愛らしくて素敵です』という本音など。

「仕方がないだろう。小さい頃『身体にいいんです』って言って執事に無理矢理飲まされた薬が吐くほど不味かったんだ。寧ろその薬のせいで体調を悪くした。それ以来薬とかそういうものはできうる限り避けてきたんだよ」

はぁ、と身体中の空気を吐き出すかのような深い溜息を吐いて、ユーリは項垂《うなだ》れた。そういう幼い頃の経験が後を引き摺るということは往々にある。かく言うリンジーとて昔母親から『美味しいのよ』と散々ほうれん草を食べさせられたので今でも苦手だ。子供っぽいと隠したがる気持ちも分かるというものだ。

「でもぉ、これはそんなに苦くないですよぉ。直ぐ飲み込めば我慢できる程度ですしぃ」

けれどもマリアベルがユーリに更に丸薬を勧めてくる。ユーリは近寄る彼女に一歩後ずさり、冷や汗をかきながら小さく首を横に振った。

「そうっすよ。物は試し。団長もさっき『最近疲れが溜まっている』ってぼやいていたじゃないっすか」

それに追い打ちをかけるようににじり寄るのはレグルスだ。それにもユーリは頑《かたく》なに首を横に振る。

その様子を傍から見ていたリンジーはユーリを不憫に思いながらも、疲れが溜まっているというのであればやはりこの丸薬を試してもいいのでは？　と手の中にある丸薬を見つめた。

来月は国王陛下の即位二十周年の祝いの儀がある。儀式に駆り出されるのは通常ネイウスだが、今回は騎士団団長としての参加が義務付けられているためユーリもそれに関する会議や準備などで多忙を極めている状態だ。それと同時進行で合同訓練の準備も行っているので休めるものも休めずに、疲れも抜けにくいのだろう。マリアベルもそうだが、ユーリだって今は大切な時期なのだから大事を取る必要がある。

とは言っても、立場上高熱を出したり倒れたりしない限りユーリも休みはしないだろう。やはりここはこの丸薬の出番だ。

「団長、もしよろしければ……。結構効きますから」

リンジーも一歩踏み出し丸薬を目の前に差し出す。ユーリは瞠目《どうもく》してリンジーの顔と丸薬の間を何度も視線を行き来させている。まるでお前までも追いつめてくれるなとでも言いたげな顔をして。

「いや、俺は……」

「でも、お疲れなら是非とも試してみてください。これからまだまだお忙しいのでしょう？　部下のことを配慮する前にご自愛も忘れずに。今倒れたら皆に迷惑がかかりますし、そうなった時に一番苦しい思いをするのは団長本人なのでは？」

淡々とその必要性を説くと、ユーリは『ウッ』と言葉を詰まらせた。目の前に立ち、こちらを見下ろすユーリの灰色の瞳を覗きこむように見上げながら目で訴えかける。小瓶の中から丸薬を取り出し手のひらの上にコロンと転がし、『どうぞ』とユーリの鼻先に突き出した。

ユーリの身体が心配だ。できることなら側にいてその身体を労ってあげたいが、それができないのが現実だ。だからこうやって薬を差し出すことしかできない。それに焦れったさやむず痒さを感じるからこそ、身勝手だとは思いながらも飲んでほしいと切望する。

そんなリンジーの心を汲んでくれたのか、ユーリは慎重に手を伸ばし丸薬を手に取った。

「……飴、くれるか？」

「はい」

少し不安そうに、母親に縋《すが》るような目でこちらを見てくる。

……可愛らしい。こんな大人の男の人に使う言葉ではないとは重々承知しているが、それでも子供っぽく薬を嫌がり飴を強請る姿は母性本能を擽られる。マリアベルが口をついて『可愛い』と言ってしまった気持ちも分かる。いつもユーリがリンジーにしてくれているように頭をポンポンと撫でてあげたい。『よく頑張りましたね』と、褒めるように。もちろんそんなことはできないが。

ユーリが丸薬を口に入れた時、少し緊張した。ユーリの顔もまた強張っていたからだ。

その喉がこくりと嚥下したのを見て、思わず顔を確認する。すると眉が吊り上がり眉間に皺が寄せられ苦悶の表情を浮かべたユーリがそこにいた。

「だ、大丈夫ですか？」

毒でも飲まされたかのような顔に心配になる。レグルスとマリアベルもユーリの表情にギョッとしながら心配の声を上げた。

「吐きそうですか？」

ユーリはフルフルと首を横に振る。

「なら、甘露飴を食べます？」

それには縦に振った。

慌てて官服の上着のポケットから飴の入った小瓶を出し、一粒琥珀色の飴を取り出して指で摘んで差し出した。

「どうぞ」

気分を悪くしてしまう前に口直しを。そう慌ててしまったのがまずかったのか、それともユーリも口当たりの悪さから焦ってしまったのか。ユーリはリンジーが差し出した飴をその指ごと口に含んで受け取った。一瞬、リンジーの指が温かな感触に包まれ、すぐにその熱が過ぎ去る。

「悪いな。ありがとう」

いまだに眉は吊り上がっているものの眉間の皺《しわ》は薄くなったユーリは、懸命に口の中で飴を転がしながら礼を言う。飴の甘さが口の中の苦味を和らげたようで、まずは一安心である。

「……い、いえ、こちらこそ、苦手と仰っていたのに無理に勧めてしまって申し訳ございません」

だがしかし、気取られなかっただろうか。動揺しているのを。体温が上がり、狂ったかのように鼓動が暴れ回っているのが。少し俯《うつむ》きがちになって顔が赤くなりそうなのを必死に堪え、気持ちを静めるために隠れて深呼吸を繰り返しているのを。

――何故、ユーリはあんなことを。

彼の口が自分の指に触れる瞬間を思い出してはまた顔に熱が籠る。唇が指に触れたことやそれをレグルスとマリアベルに見られたことが恥ずかしいし、そういうことを恥ずかしげもなくやってのけるユーリに腹を立てていいのかも分からず、とにかく平静を装うことしかできなかった。

「謝るな。俺も子供じみたことを言ってしまったからな。それに、ここ最近疲れていたのは確かだったしな。うん。いい機会だった」

少しぎこちない笑顔を向けてくるユーリに、リンジーはますます顔を強張《こわば》らせる。もうこの込み上げてくる熱や愛おしさをどうにも遣り過ごすことができなくて、ぎゅっと目を瞑り平静な仮面を被り顔を上げた。

「それはよかったです。団長もできたら今日は早めに帰宅されて、静養してください。マリアベルさんも。今日は月次報告の修正は止めておきましょう。また明日伺いますので、お身体を大事になさってください。それでは私はこれで失礼いたします」

三人に丁寧にお辞儀をして、執務室から出て行った。

（……顔が、崩れる。どうしよう）

廊下を足早に歩きながら、自分の顔に張りつけた仮面が徐々に剥がれて行くのが分かった。避難先はあともう少し。それまでに誰に会ったとしてもこの動揺を悟らせないようにするしかない。

東屋《あずまや》に着いた時は、少し息が切れていた。廊下の方から見えない死角の位置、いつもリンジーが座るその席に腰を下ろし一気に脱力する。両手で顔を覆って深い溜息を吐いた瞬間ひた隠しにしていた反動か、つま先から頭のてっぺんまで身体中が真っ赤になった。

「うう〜……」

上手《うま》く誤魔化せた。多分。誰にも見られることなく、知られることなく。すんでのところで危うかったが。

本当、ああいう悪意のない不意打ちは止めてほしい。こちらはそういうことには耐性がないので、突然の触れ合いや色っぽいことには滅法弱い。気持ちを知られたくないのに、忍んだ想いがつい顔に出てしまう。馬鹿みたいに動揺して平静を保つことが難しくなる。

おもむろに顔から手を外し、先ほどユーリと触れあった右手の指先を見つめた。

（……柔らかかった）

ユーリの唇が。温かかったし、今でもあの飴がこの手から攫《さら》われていく感触が消えない。

知り得なかったことを不意に知ることができて嬉しいと思うのは、愚かなことだろうか。舞い上がってそんな些細《ささい》な触れ合いを幸せだと思うのは傍から見れば安い女と思われるかもしれないが、けれどもリンジーにとっては大切な一瞬だった。

大事に大事にこの心の中に仕舞っておく、リンジーだけの秘密。

右手の指先をそっと左手で握り締め、そっと微笑んだ。

◆◆◆

「はぁ……」

執務室にユーリの重苦しい溜息が響き渡る。

苦手な薬を飲んで口の苦味を逃がそうと慌てていたし咄嗟に取った行動が無意識だったとはいえ、あれだけのことをやってもリンジーは眉ひとつ動かさなかった。あそこまで平静な顔をして反応を返されてしまうと、本当に男として意識されていないのだとまざまざと実感させられ自信をなくしてしまう。もしかすると薬が苦手など子供っぽいことを言って呆れられでもしたのか。本当、最悪だ。

(けど、……甘かった)

それは飴なのか、はたまたリンジーの指が甘かったのか。

もう一度味わいたいと思ってしまったのは、この恋心ゆえ。今度はもっと味わってみたいと思うのは浅ましい欲がいつだってここにあるからだ。それは苦味など忘れるくらいにとびきりに甘かったのだから。求めてやまないのは仕方がない。

また欲しいと言ったらくれるだろうか。ユーリはそっと自身の唇に指を這わせた。

それからユーリはことあるごとにリンジーから飴《あめ》を貰えることを期待するようになり、そしてその度に一喜一憂することになる。

ディアノベルス

それは団長、あなたです。 1

2017年 2月 27日 初版第1刷 発行

❖著　　者　ちろりん
❖イラスト　KRN
❖編　　集　株式会社エースクリエイター

本書は「ムーンライトノベルズ」(http://mnlt.syosetu.com/) に掲載されたものを、改稿の上、書籍化しました。
「ムーンライトノベルズ」は、「株式会社ナイトランタン」の登録商標です。

発行人：久保田裕
発行元：株式会社パラダイム
〒166-0011
東京都杉並区梅里2-40-19
ワールドビル202
TEL 03-5306-6921

印 刷 所：中央精版印刷株式会社

DN003

頬にサヨナラのキスを1
宇佐美月明
Tsukita Usami
イラスト 壱也
Ichiya
実の妹に婚約者を奪われた侯爵令嬢のレオノーラは、
妹の婚約者だったアルウィンと代わりに結婚をすることに。
彼の中に妹への想いが残っていると感じた彼女は、
それぞれの未来を守る為、
アルウィンのもとを去る決意をする。
「愛していただけなのに…こんなわたし、
貴方に見せたくない」
聡明で美しい侯爵令嬢と
本心を明かせない公爵子息の
ドラマチックラブストーリー第一弾!!
二〇一七年春頃発行予定
Dear Novels